[新概念阅读书坊]

挫折并不可怕：
提高孩子抗挫能力的故事全集

CUOZHE BING BU KEPA
TIGAO HAIZI KANG CUO NENGLI
DE GUSHI QUANJI

主编◎崔钟雷

吉林美术出版社

图书在版编目（CIP）数据

挫折并不可怕：提高孩子抗挫能力的故事全集／崔钟雷主编．
—长春：吉林美术出版社，2011.1（2023.6重印）
（新概念阅读书坊）
ISBN 978-7-5386-5050-1

Ⅰ．①挫⋯　Ⅱ．①崔⋯　Ⅲ．①故事－作品集－世界
Ⅳ．①I14

中国版本图书馆 CIP 数据核字（2010）第 255544 号

挫折并不可怕：提高孩子抗挫能力的故事全集
CUOZHE BING BU KEPA：TIGAO HAIZI KANG CUO NENGLI DE GUSHI QUANJI

出版人	华　鹏
策　划	钟　雷
主　编	崔钟雷
副主编	刘　超　那兰兰
责任编辑	栾　云
开　本	700mm×1000mm　1/16
印　张	10
字　数	120 千字
版　次	2011 年 1 月第 1 版
印　次	2023 年 6 月第 4 次印刷
出版发行	吉林美术出版社
地　址	长春市净月开发区福祉大路 5788 号
	邮编：130118
网　址	www.jlmspress.com
印　刷	北京一鑫印务有限责任公司
书　号	ISBN 978-7-5386-5050-1
定　价	39.80 元

版权所有　侵权必究

前言 Foreword

阅读是一段开启心智的历程，阅读是一种与书籍对话的方式，阅读是一盏点亮灵魂的明灯！人们常说"开卷有益"，只要认真去阅读，用心去体会，就会从书籍中获取丰富的知识，获得源源不绝的力量！

为了开阔您的阅读视野，我们精心编纂了本套"新概念阅读书坊"系列丛书。阅读是一种自我充实的过程，读什么和怎样读都显得颇为重要，而我们的意旨在于为您提供一种全新阅读方式的可能！

本套丛书内容涵盖面广，设计新颖独到，优美的文章，精致的图片以及全新的阅读理念，必将呈现给您一场独特的阅读盛宴，愿您在享受这段新奇的阅读历程时，也会将之视为开启您阅读之门的钥匙，走进阅读的美好世界……

目录

第一章　与失败共舞

成功就是战胜自己 …………………… 2

最美妙的一句话 ……………………… 4

心态的力量 …………………………… 6

一个平常的故事 ……………………… 8

地震中的撑起 ………………………… 10

父亲就是打破神话的那个人 ………… 12

老师，我相信石头会开花 …………………… 15

一个美丽的故事 …………………… 18

爱到深处细如丝 …………………… 20

收藏阳光 …………………………… 23

父亲的背 …………………………… 27

盲道上的爱 ………………………… 30

登上山顶 …………………………… 32

班・符特生的故事 ………………… 34

窗外的天空很蓝 ········· 37

郭晖：摇着轮椅上北大 ········· 40

与失败共舞 ········· 48

树木的生存智慧 ········· 51

拉网的时候 ········· 54

一切皆有可能 ········· 56

享受痛楚 ········· 59

第二章　发现希望

一杯水的转机 ················· 62

不幸和幸福 ················· 65

发现希望 ················· 67

当失败不可避免时 ················· 69

跌倒的地方也有风景 ················· 71

苦难后退 ················· 73

用微笑把痛苦埋葬 ················· 75

他失明却不失败 ················· 77

不要省略了泥土 ················· 79

北大毕业等于零 ················· 82

你的助跑线够长吗？ ················· 84

别光盯着你的脚 ················· 86

把根扎深 ················· 89

命运之上的风景⋯⋯⋯⋯⋯⋯⋯⋯⋯⋯ 91

生活原本没有痛苦⋯⋯⋯⋯⋯⋯⋯⋯ 93

卡罗尔的天才⋯⋯⋯⋯⋯⋯⋯⋯⋯⋯ 95

幸福的线头⋯⋯⋯⋯⋯⋯⋯⋯⋯⋯⋯ 98

不一样的豆芽菜⋯⋯⋯⋯⋯⋯⋯⋯⋯ 100

一代硬汉海明威⋯⋯⋯⋯⋯⋯⋯⋯⋯ 102

苏秦刺股⋯⋯⋯⋯⋯⋯⋯⋯⋯⋯⋯⋯⋯⋯ 106

敲门的勇气⋯⋯⋯⋯⋯⋯⋯⋯⋯⋯⋯⋯ 108

寻觅那一线生机⋯⋯⋯⋯⋯⋯⋯⋯⋯⋯ 110

第三章　离成功不远了

从芒刺中寻找灵感⋯⋯⋯⋯⋯⋯⋯⋯ 114

快乐是成功的开始⋯⋯⋯⋯⋯⋯⋯⋯ 116

不怕埋没 …………………… 118

珍爱光明 …………………… 121

石缝间的生命 ……………… 123

人生马拉松 ………………… 126

激情融化冰雪 ……………… 129

再试一次 …………………… 131

离成功不远了 ……………… 132

跳蚤的高度 ………………… 134

别浪费失败 ………………… 136

柔韧的抗衡………………………………… 138

跌倒了别急着站起来……………………… 139

多敲一扇门………………………………… 142

守到黎明见花开…………………………… 144

不可放弃的努力…………………………… 146

别站在伞沿下……………………………… 148

世界上没有绝望的处境…………………… 150

第一章 Chapter 1

与失败共舞

我们常说,人在逆境中
首先要战胜的不是别人而是自己,
战胜了自己也就战胜了别人。
我们在最困难的时候战胜了自己,
就能顶住外来的压力,成就自己。

成功就是战胜自己

余红军

波恩和嘉琳是一对孪生兄弟。在一次火灾事故中，消防员从废墟里找到了兄弟俩，他们是这次火灾中仅存的两个人。

兄弟俩被送往当地的一家医院救治。虽然两人死里逃生，但大火已把他俩烧得面目全非。"多么帅的两个小伙子!"医生为兄弟俩感到惋惜。波恩整天对着医生唉声叹气：自己成了这个样子，以后还怎么出去见人，还怎么养活自己？他对生活失去了信心，再也没有活下去的勇气，总是自暴自弃地说："与其赖活还不如死了算了。"嘉琳努力地劝波恩："这次大火只有我们得救了，因此，我们的生命显得尤为珍贵，我们的生活最有意义。"

兄弟俩出院后，波恩还是忍受不了别人的讥讽，偷偷地服了50片安眠药离开了人世。嘉琳却艰难地生活着，无论遇到多大的冷嘲热讽，他都咬紧牙关挺了过来。嘉琳一次次地暗自提醒自己："我生命的价值比谁都高贵。"一天，嘉琳还是像往常一样送一车棉絮去加州。天空下着雨，路很滑，嘉琳车开得很慢。此时，嘉琳发现不远处的一座桥上站着一个人。嘉琳紧急刹车，车子滑进了路边的一条小沟。嘉琳还没有靠近年轻人的时候，年轻人已经跳下了河。年轻人被他救起后又连续跳了三次，直到

嘉琳自己差点被大水吞没。

后来嘉琳发现自己救的竟是位亿万富翁,亿万富翁很感激嘉琳,和嘉琳一起干起了事业。嘉琳凭着自己的诚心,从一个积蓄不足 10 万元的司机,成为一个拥有 3.2 亿元资产的运输公司的富翁。几年后医术发达了,嘉琳用挣来的钱做了整容手术。

我们常说,人在逆境中首先要战胜的不是别人而是自己,战胜了自己也就战胜了别人。我们在最困难的时候战胜了自己,就能顶住外来的压力,成就自己。

心得便利贴

即使是路边石头、夹缝中的一棵小草,也有它生存的权利和意义。很多时候,失败只是因为我们自己放弃,只要再坚持一下,战胜自己的懦弱,我们就一定会成功。尤其是在最艰难的时候,命运的转机也往往就在那里等待着你。战胜自己,成为生活的强者,你一定会取得成功。

最美妙的一句话

姜钦峰

美国通用电气公司董事长杰克·韦尔奇小时候有口吃的毛病。他曾试图矫正，却收效甚微。口吃给他幼小的心灵蒙上了一层阴影。他深感自卑，变得沉默寡言起来，甚至害怕与人交往。无论什么场合，他总是尽量紧闭双唇，从不轻易开口说话。

有一天，韦尔奇和同学去餐厅吃饭。他点了一份自己最爱吃的金枪鱼三明治，没想到服务员却给他端来两份。韦尔奇有些奇怪地问："我只点了一份三明治，你怎么给我上了两份呢？"服务员解释说："没有错啊，我明明听到你要两份金枪鱼三明治。"原来，韦尔奇在说："tuna sandwiches"（金枪鱼三明治）的时候因为紧张而说成了"tu－tuna sandwiches"而服务员听起来就是"twotuna sandwiches"（"two"在英语里意为"两个"）。同学们为此笑得直不起腰，韦尔奇尴尬万分，委屈的泪水在眼眶里打转。

回到家里，他向母亲哭诉自己的遭遇："只要我开口说话，别人就笑话我，我再也不说话了……"母亲拍拍他的小脑袋，轻描淡写地说："孩子，那是因为你太聪明，所以你的嘴巴无法跟上你聪明的脑袋瓜。"听到这句话，韦尔奇抬起头看了看妈妈，破涕为笑。

韦尔奇依然口吃，依然会遭人嘲笑，但他不再为此感到自卑，因为他对母亲的话深信不疑，相信自己有一个聪明的脑袋。他发奋学习，35岁获得伊利诺斯大学化学工程博士学位。48岁那年，他成为美国通用电气公司历史上最年轻的董事长和首席执行官。后来，韦尔奇经常提起母亲的这句话。他说："那是迄今为止我听到过的最美妙的一句话，也是母亲送给我的最伟大的一件礼物。"

心得便利贴

母爱是天底下最纯粹的爱，如大海波澜壮阔包容一切，又如小溪潺潺润物无声。用感恩的心去回报母爱，用母爱一般的心去回报身边的人。

心态的力量

张晓风

阿济·泰勒·摩尔顿刚刚当选美国财政部长的时候,向南卡罗来纳州一个学院的全体学生发表演讲。整个学院礼堂坐满了兴致勃勃的学生。然而,泰勒的演讲却令听众大感意外。

泰勒讲道:"我的生母是聋子,因此没有办法说话,我不知道自己的父亲是谁,也不知道他是否还活着,我这辈子找到的第一份工作,是在棉花田里锄地。"台下的听众全都呆住了。"如果情况不如意,我们总可以想办法,加以改变。"她继续说,"一个人的未来怎么样,不是因为运气,不是因为环境,也不是因为生下来的状况。"她轻轻地重复刚才说过的话,"如果情况不如意,我们总可以

想办法，加以改变。"

"一个人若想改变眼前充满不幸或无法尽如人意的境况。"她以坚定的语气向下说道，"只要问一问自己：'我希望情况变成什么样？'然后全身心地投入，采取行动，朝理想的目标前进即可。"接着她的脸绽现出美丽的笑容，"我相信大家会比我做得更好！"

人与人之间原本只有微小的差别，但却造成了巨大的差异。其原因正在于心态。积极的心态，激励和改变了无数次深陷逆境的泰勒；积极的心态，是走向成功，实现自己人生目标的灵丹妙药。

心得便利贴

生活中总有很多不如意，这是无法选择的，但是幸好我们还能选择自己的心态。面对苦难与挫折，是消极地适应生活的安排，还是积极地去改变那些不如意的地方？相信每一个人都会做出正确的选择。

一个平常的故事

张林薇

冬天时我回家,母亲告诉我祥死了。我吃了一惊,那个拄着拐杖踽踽独行的影子出现在了眼前。

祥小时候是个健康的孩子,有一次爬树摔了下来,从此就拄上了单拐。祥拄着拐杖勉强念到初中就辍学回家了,家徒四壁的他迷恋上了画画。而那时我中学毕业在家务农的二哥也正在狂热地钻研书画,并且达到了废寝忘食的地步。

天道酬勤,他们的画被选进了乡文化站的橱窗里。一种成就感激励着他们,他们期待有一天祖辈沿袭的宿命能有一个改观。

还没等到机会来临,他们的命运就因为一个看似偶然其实必然的原因在一个岔路口分道扬镳了。那是两个乡村青年第一次到县城。他们先到新华书店买了几本书,然后不经意地走到县文化馆的门前,里面正举行一个职工书画展。他们走了进去,一幅不落地看完了那些字画。走出大门时,二哥摸摸路旁一排冬青树的叶子,充满神往地说:"将来要能到这里来工作就好了。"而祥却拄着拐杖站在冬青树旁说了一句话:"还画什么劲呢?再怎么画,咱也赶不上人家的。"

祥就以这句话为他几年的梦想和追求画上了句号。

一次县城之行，让他增长了见识，也让他一下子丧失了所有坚持的信心和勇气。他回到家后就收起了纸和笔。而二哥独自坚持了下来，两年后他成了文化馆的一名正式职工。虽谈不上事业有成，但他过上了自己想要的生活。

祥的故事向我们展示了一个比贫困还要可怕的东西，那就是自卑。有时候扼杀一个人梦想、打垮一个人精神的，不是贫困，不是恶劣的环境，也不是别的什么坚硬的东西，而恰恰是来自自己心底的卑微感。

心得便利贴

贫穷也好，困顿也好，都可以通过不懈的努力去改变。而自卑，会使一个人丧失斗志和信念，最终在成功面前止步。因此，不论境遇如何，不论命运如何，请保持乐观的心态，高昂着头去迎接生命中的困苦与挑战。

地震中的撑起

冯悦传

在土耳其旅游途中，巴士行经 1999 年大地震的地方，导游讲了一个悲伤而且感人的故事。故事发生在地震后的第二天……

地震后，许多房子都倒塌了，各国来的救援人员不断搜寻着幸存者。

两天后，他们在废墟中看到一个令人难以置信的画面——一位母亲用手撑地，背上顶着不知有多重的石块。一看到救援人员，她便拼命哭喊："快点救我的女儿，我已经撑了两天，我快撑不下去了……"

她 7 岁的小女儿，就躺在她用手撑起的安全空间里。

救援人员大惊，他们全力地搬移周围的石块，希望尽快解救这对母女。但是石块那么多，那么重，他们始终无法快速到达她们身边。

媒体记者到这儿拍下画面，救援人员一边哭，一边挖，辛苦的母亲则苦撑着，等待着……

看着电视上的画面和报纸上的图片，土耳其人都感动得掉下泪来。

更多的人纷纷放下手边的工作投入了救援行动。

救援行动从白天进行到深夜。终于，一名高大的救援人员够着了小女孩，将她拉了出来，但是，她已气绝多时。

母亲急切地问："我的女儿还活着吗？"

认为女儿还活着，是她苦撑两天唯一的理由。

这名救援人员终于受不了了，他放声大哭："对，她还活着，我们现在要把她送到医院急救，然后也要把你送过去！"

他知道，如果母亲听到女儿已死去，必定失去求生的意志，松手任意让土石压死自己，所以骗了她。

母亲疲惫地笑了，随后，她也被救出送到医院，她的双手一直僵直无法弯曲。

第二天，土耳其许多报纸上都有一幅她用手撑地的照片，标题是《这就是母爱》。

导游说："我是个不轻易动感情的人，但是看到这篇报道，我哭了。以后每次带团经过这儿，我都会讲这个故事。"

其实不只他哭了，在车上的我们，也哭了……

心得便利贴

读了这个故事，有谁不会为那个平凡的母亲感动得流泪呢！救女儿的信念让她在沉重的石块下苦撑两天，那是怎样的坚定和执着啊！母爱的最强音，在这样的生死抉择中奏响。

父亲就是打破神话的那个人

陈志宏

他5岁的时候，不幸患了小儿麻痹症。乡卫生院的医生对他的父亲说："你就别浪费钱了，到县里买个好点的轮椅吧。他这一生肯定要在轮椅上度过。"

他的父亲沉默良久，吸完了一袋烟，背起儿子直往县城赶。县医院的医生把话说绝了："你就是把儿子背到北京去治，他也站立不起来。"

12岁那年，他坐着轮椅去学校上学，端端正正地坐在小学一年级的教室里。他的成绩不算好，但音乐老师喜欢他，夸他乐感好，嗓音也不错。夸过之后，音乐老师又无奈地摇摇头自语道："一个残疾人，要想唱好歌，难啊！"

一天，他对父亲说："爸，李老师说我的歌唱得好。我想唱歌！"在村里，身体健全的孩子都不敢有唱歌、跳舞的念头，他的想法一时被传为笑谈。村里的人众口一词："他想当歌星？讲神话哟！"只有他的父亲把他的想法当一回事，认真地说："儿子，只要你有这个想法，我就一定要让你成为一名歌星！"

他的父亲把他背出了山村，背上了火车，直奔省城。他看见了山外精彩的世界，抑制不住内心的激动，在父亲的背上一路高歌。

当这对父子站在某高校音乐系主任家门口的时候，城市已是万家灯火，饭菜的香味冲进他们的鼻子，一整天没吃东西的他们越发感到饥肠辘辘。系主任把门打开，他父亲立即跪了下去，央求道："主任，我儿子有音乐天分，求你收下他吧！"

系主任惊讶地问:"谁说你儿子有音乐天分?"

他父亲说:"我们村小李老师说的。"

系主任委婉地把他们拒之门外。

他们茫然地行走在陌生的城市。

父子俩走了很多地方,敲了很多门,都被人冷冷地拒在了门外。他的父亲依然没灰心,背起儿子又踏上了新的求学之路。他们的真诚和执着终于打动了一所民办高校的艺术系主任。他成了音乐班免费的特招生。

经过一年的正规训练,原本资质不算好的他在学校赢得了"歌王"的美誉。他演唱残疾歌手郑智化的《水手》曾让无数观众为之动容。

离开学校后,他对父亲说:"我要去北京唱歌!"他父亲二话没说,把他背到了北京。他挂着拐杖跑场子,一声又一声歌唱着美好

的生活。

几年过去了，他成了业内颇受欢迎的"地下歌星"。凭借自己的努力，他在北京买了房子，把山村里的家人全接到了首都。他的父亲却因过度劳累，离开了人世。那一年，他24岁，他父亲57岁。

父亲的背是他实现梦想的人生航船，父亲的意志是他超越现实的人生航标。父亲给他温暖，给他力量，给他自信，给他实现人生价值的阶梯。

父亲就是打破神话的那个人！

心得便利贴

为了让儿子实现梦想，父亲坚强地扬起了爱的风帆，尽管一路航行难上加难，但父亲不辞辛劳，终于帮助儿子实现了理想。父亲最后倒下了，但父亲的影响与力量会永远支撑着儿子前行。

老师，我相信石头会开花

崔修建

因为先天的智能障碍，方言曾被许多学校拒收，直到她12岁那年遇到了热心的赵老师，才成为那所乡村小学一年级的学生。

方言在班级里年龄最大，学习成绩却最差，许多很简单的问题她都不明白，有的学生背地里叫她傻瓜，这让自卑的她听到后难过极了。

一次，赵老师在课堂上领着学生们进行造句比赛，看谁造的句子精彩。同学们兴趣盎然，一个个不甘落后地晃动着聪明的小脑袋，造出了许多漂亮句子，赵老师兴奋地不住点头赞许着。

忽然，老师微笑的目光停在了一直沉默的方言脸上，热情地鼓励道："下面请方言同学给大家用'相信'造一个句子，好吗？"

方言站起来，吭哧了好半天，终于小声地说出一个句子："我相信石头会开花。"

她的话音还没落，同学们便立刻笑成一团。这时，赵老师将一根手指竖到嘴边，示意大家安静。然后，他走到方言跟前，亲切地抚摸着她的脑袋，大声宣布："方言造的句子最好。"

同学们马上不服气地跟赵

老师争论起来,他们七嘴八舌地辩解——不管什么花,都只能开在泥里、水中、树上等,只有方言那样的傻瓜才会相信石头会开花。

"我也相信石头会开花。"老师慈爱的目光里透着坚定。

"老师,您也相信?"同学们困惑地望着他们一向敬佩的老师。

"是的,事实会让你们也相信方言说的没错。"赵老师走到黑板前,用红色粉笔认真地写下了方言造的句子。

一个月后,赵老师把一块满是窟窿眼儿的石头拿进课堂,同学们全都惊讶地张大了嘴巴——原来,那石头上面竟真的开着一朵同学们熟悉的小花,鲜艳得和窗台花盆中的小花一模一样。

"同学们,方言说对了吧?记住——石头也会开花的。"赵老师话音未落,教室里响起了真诚而热烈的掌声,久久不息。方言开心地笑了,笑得像花朵一样灿烂。

此后，尽管方言的学习成绩依旧不好，但再也没有谁说她傻了，她跟同学们愉快地度过了天真烂漫的小学时光。后来，方言成了一位很有名气的童话作家，创作出了许多精彩的故事，感动了千千万万的读者。

"没想到，我随意说出的一句话，赵老师竟然深信不疑，还千里迢迢地托朋友弄来那块火山岩，让我和同学们坚信——只要努力，没有什么是不可能的……"

多年以后，谈及往事，方言依旧感慨万千。

心得便利贴

师恩难报，它悄然无声地帮助我们成长，给予我们爱的力量、生命的尊严、生活的希望。由此，我们不禁惊叹爱的伟大。只要我们相信爱的存在，就能创造出生命的奇迹。

一个美丽的故事

张玉庭

有个塌鼻子的小男孩儿,因为两岁时得过脑炎,智力受损,学习起来很吃力。打个比方,别人写作文能写二三百字,他却只能写三五行。但即便这样的作文,他同样能写得美丽如花。

那是一次作文课,题目是《愿望》。他极认真地想了半天,然后极认真地写。那作文极短,只有三句话:我有两个愿望,第一个是,妈妈天天笑眯眯地看着我说:"你真聪明。"第二个是,老师天天笑眯眯地看着我说:"你一点儿也不笨。"

就是这篇作文,深深地打动了老师,那位像妈妈一样的老师不仅给了他最高分,而且在班上带感情地朗诵了这篇作文,还一笔一画地写上批语:你很聪明,你的作文写得非常感人,请放心,妈妈肯定会格外喜欢你的,老师肯定会格外喜欢你的,大家肯定会格外喜欢你的。

捧着作文本,他笑了,蹦蹦跳跳地回家了,像只喜鹊。但他并没有把作文本拿给妈妈看,他在等待,等待一个美好的时刻。

那个时刻终于到了,是妈妈的生日——一个阳光灿烂的星期天。那天,他起得特别早,把作文本装在一个他亲手做的美丽的大信封里,信封上画着一个塌鼻子的小男孩儿,那小男孩儿咧着嘴笑得正

甜。他静静地看着妈妈,等着妈妈醒来。妈妈刚睁眼醒来,他就甜甜地喊了声"妈妈",然后笑眯眯地走到妈妈跟前说:"妈妈,今天是您的生日,我要送您件礼物。"

妈妈笑了:"什么礼物呢?"

"我的作文。"说着小男孩儿双手递过来那个大信封。

接过信封,妈妈的心怦怦直跳!

果然,看着这篇作文,妈妈甜甜地涌出了两行热泪,然后一把搂住小男孩儿,搂得很紧,仿佛怕他会突然间飞走了。

心得便利贴

小男孩虽然并不聪明,但他很真诚、很可爱,用最简单的话语说出了他所有的愿望。他不仅实现了自己的愿望,同时,也打动了所有看到这个故事的人。

爱到深处细如丝

丛中笑

父亲病逝,家里欠了一大笔债务。办完后事第三天,18岁的我就加入了南下打工的队伍,进了一家大型的汽车修理公司。

带我的师傅姓史,五十多岁,他有两个很特别的嗜好:一是没事就用指甲刀上的小锉子锉指甲,二是爱替别人洗衣服。

9个月后我终于攒下1000元钱,给母亲汇完款后我突然想到应该给她写封信,于是就利用午休时间在办公室随便找了一张包装纸写起来。也许是我太投入了,史师傅进来我都不知道,直到他用手敲桌子我才抬起头。他说:"你明明在这里干着又脏又累的活,为什么说你的工作很轻松?"我红着脸说:"我不想让母亲为我担心。"

师傅点了点头说:"游子在外,报喜不报忧,这一点你做得很好,但是你用这么脏的一张纸给母亲写信,她会相信你的工作很轻松吗?"

史师傅看着窗外,缓缓地说:"我很小就没了父亲,20岁那年母亲得了偏瘫,腰部以下

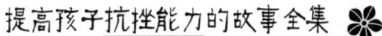

都不能活动。我四处求医问药，最后这个城市的一个老中医告诉我，如果让母亲能坚持做按摩治疗，就有1%的康复可能，于是我就带着母亲来到了这里。我在这家公司找了一份活干，那时条件没有现在好，我比你们要辛苦多了。在这里拿到第一笔薪水那天，我买了好多母亲喜欢吃的食品带回家。在我递上给她削好的苹果时，她拉住我的手说：'和妈妈说实话，你到底做什么工作？你不要累坏自己啊！'我说：'我在办公室工作啊，很轻松的。'母亲生气地说：'孩子，你的手这么黑而且指甲缝里全是黑糊糊的机油，你干的活肯定又脏又累，你骗不了妈妈的。'一时间我不知道怎样回答母亲，便借故给她洗衣服从屋子里逃了出来。等我洗好衣服的时候惊奇地发现我的手是那么白，顿时我就有了

主意。第二天干完修车的活后，我便剪短、锉平了自己的指甲，然后又把同事的工作服洗了才回家，因为洗的衣服越多手越白。回家后，我告诉母亲，我重新找了一份坐办公室的工作。母亲检查我的手后笑了。为了拿到相对多一些的薪水给母亲治病，我一直在这家效益不错的公司待到现在。"

史师傅说完从他抽屉里拿了一沓信纸给我。最后，我在那洁白的纸上写下："亲爱的妈妈，我在这里一切都好，工作也很轻松……"

心得便利贴

母亲的观察力是细致入微的，她能从每一个细节中，看穿孩子的谎话，知道他们生活得好不好。瞒过母亲的眼睛，让她生活得快乐，这是孩子的懂事，更是母亲的欣慰。

收藏阳光

崔修建

我认识这样一位文友：他患有小儿麻痹症，走路一瘸一拐的，加上一张有些夸张的豁嘴，让他小时候受了好多的奚落。他的家境也不大好，高中没毕业便辍学了。他换过好多种工作，但几乎都属于脏、累、苦的那种。他的婚姻之旅也是一波三折。不过，尽管如此，他却整天乐呵呵地忙碌着，周身上下洋溢着无法掩饰的快乐，好像自己就是天底下最幸福的人似的。

如今，他有了妻子和可爱的女儿，文章写得也越来越出名。

在夏日的某个午后，被工作中的几件琐事搅得心烦意乱的我坐卧不安，便到街上走走，不知不觉地便踱进了他那间不大的小屋。看到他正哼着歌侍弄着那几盆挺普通的花，便一脸惊奇地问他："瞧你一天天像中了奖似的高兴，难道你就没有碰到过什么不开心的事吗？"

"怎么会碰不到呢？"他满眼爱怜地给花松着土。

"那你为什么总是那么快乐呢？"我有些不解。

"因为我懂得收藏阳光啊。"他冲我神秘地笑笑。

"收藏阳光?"我一头的雾水,大惑不解地望着他。

"是的。给你看看这个,你就知道了。"说着,他递给我一个书写得工工整整的日记本。

我好奇地打开日记,看到了下面这样一些跳跃的文字——

今天,我只用两分钟就疏通了邻居的下水道,邻居直夸我是他见过的最棒的疏通工,以后要给我介绍更多的活儿。看来,掌握一门受人尊重的手艺是一件挺幸福的事情啊。

今天,收到报社寄来的8块钱稿费,给女儿买了一包跳跳糖,她高兴地跟我表白了她的理想——她长大了也当作家,也写稿挣钱。嘿嘿,我这位"作家老爸"言传身教得真不错呢。

今天,在市场上碰到一个卖瓜的朋友,他非要白送我一个西瓜。实在推辞不过,我就送了他儿子两本杂志,我说我们是物质与精神交流。他很高兴,我也很高兴。看来,朋友间的馈赠,并不需要什么贵重的东西,重要的是那一份真诚。

今天,我终于学会了仰泳,是一位退休的老师傅教的。他真有耐心,足足教了我半个月,我都快泄气了,他还那么信心十足。看来,那句话说得真有道理——因为没有了信心,许多事情成为不可能。

今天,在旧书摊上只花了三块钱,就买到了苦觅多年的《楚辞通解》和《文章别裁》两本书,真是苍天不负有心人啊!

今天,春节过后从老家回来,忽然看到门上贴了对联和大大的"福"字,正惊喜着,看到我曾慷慨赠送过空易拉罐的收拾楼道的大娘过来,立刻过去道谢。原来,爱的对面,也是爱啊……

厚厚的一本日记,翻来覆去,简洁、生动地记录的,不过都是这样的一件件毫不起眼的简单、琐屑的小事,都是常常被我们很多人忽略不计的一些情景。我一时还无法将它们与文友所说的"阳光"联系在一起,便纳闷儿地问他:"这就是你收集的阳光吗?"

"是啊,这些就是温暖我生活的阳光。一有闲暇,我就会不由自主地拿出来翻翻,每一次看过,心里都有一种暖暖的感觉。"他宝贝似的摩挲着那已起了毛边的日记本。

"其实，那都不过是你耳闻目睹的一些生活中的琐事而已。"我有些不以为然道。

"是的，它们都是一些常常被人们忽略的小事、小情、小景，可它们都是真实的，都是生动的，都是触手可及的，它们以丰富多彩的姿态，在向我讲述着生活里的种种美好，它们就像和煦的阳光一样，帮我驱散心灵中的烦恼、忧郁、贫困、艰难、痛苦……"文友很认真地向我阐释着。

蓦然，我的心像被什么东西撩拨了一下——多么会生活的文友啊，他心里其实也知道生活中有许许多多的不如意，可是他懂得收集生活里面那一个个感动心灵的细节，他懂得让那些温馨、愉悦的情节更多地占据心灵，懂得如何让自己更多地生活在一份新奇、感激、成功、快乐、自由等等簇拥的天地中，从而冲淡岁月中的那种种不如意，让幸福总是像阳光一样洋溢在身边……

哦，我终于知晓文友之所以一直那样自信、充实、幸福的秘密了。原来，真正读懂生活的人，并不回避人生的风风雨雨，而是懂得在阳光

灿烂的日子珍惜生命，并学会收藏那些阳光一样温暖的情节，并在一次次真诚的品味中，一点点拂去那些袭向心头的阴霾、愁苦、挫折……

那天，在《中国青年》上读到一位与疾病顽强抗争的女孩的故事，在深深地为女孩的"阳光精神"感动中，我不禁再次默默地念起了支撑女孩生命的那句格言——谁都没有理由拒绝阳光，因为谁都无法拒绝爱。是的，一个人只有心中有了绵绵的爱，才懂得珍惜阳光、收藏阳光、沐浴阳光、播撒阳光……

心得便利贴

生活中充满阳光，只要打开心灵之窗，每一天都将是明媚而温暖的。不要拒绝阳光，从阴暗的角落走出来吧，寻找原本在你周围的多彩生活，享受那些祝福与微笑。只有这样，幸福才能开花结果。

父亲的背

田信国

我出生在一个偏僻的小山村，同村里所有的孩子一样，我有疼爱自己的父亲和母亲，但同其他孩子不一样的是我双腿残疾，不能正常走路。

那是在我两岁的时候因小儿麻痹留下的后遗症。从那时开始，我17年的记忆便充满了父亲的背和背上那股淡淡的汗味。也许别的残疾孩子有轮椅，有推车，但贫穷的父亲只有他的背，厚实而挺直的背。无论下地干活还是走亲访友，父亲走到哪，总是把我背到哪，我在父亲的背上渐渐地长大。

等我长到9岁时，村里同龄的小伙伴都上了三年级，而我却只能待在家里，父亲为此犹豫了很久。终于有一天，父亲把我背进了教室，从那以后，父亲每天来来回回地背着我，风里来，雨里去，从未间断，也从未迟到过。看着父亲日渐沉重的脚步，我真恨不得学校就在自家门口，这样父亲就可以少走许多路；我更恨自己长

得太快、太重，因为这样更加重了父亲的负担，使得父亲每走一步都越来越吃力了。我内心的忧愁也日益加重了，我的未来怎么办？我还有未来吗？

然而在我16岁那年，一件意想不到的事情发生了。那一回，我无聊地跟着电视学唱歌，父亲突然兴奋起来，似乎看到了一丝希望，他要我好好地练，好好地唱。从此，一有空父亲就背着我到河畔田头或村外树下练习唱歌。那年的"五四"青年节，县里举办歌手比赛，父亲背上我去报了名，没想到我竟得了个三等奖。接着，父亲又背上我参加地区比赛，又拿了个特别奖，这件事对我和父亲触动很大，父亲便下了决心，要背着我去省城拜师学唱歌。

一个柳绿桃红的时节，父亲不顾多年落下的腰痛病，把我背出家门，背出山村，背到了几十公里外的省城。老师的家太高了，住在五楼，然而父亲并没有犹豫，只是习惯地将我向上一抖，便向楼上爬去。一个台阶又一个台阶，一层楼又一层楼，父亲的脚步渐渐地由快变慢，甚至在颤抖，我心疼地要父亲放下我歇一会儿，可父亲怕放下来便再也

背不上去,硬是咬着牙,把我背上了老师的家。这五层楼,上百个台阶,父亲一步一步背上背下,这一背竟又是整整一年。就这样,我在父亲的背上,艰难地走向音乐之路。

又一个春暖花开的日子,父亲要背着我离开省城,去更远的地方,放飞我的歌声,放飞我的梦想……临行前,我用一个儿子的全部身心帮父亲揉背,揉一揉这曾经笔直却渐渐弯了的背,揉一揉这背了我17年,也许还会一直背下去的背——父亲的背。

心得便利贴

望子成龙的父亲忍受着病痛,默默地用爱温暖身残志坚的儿子的心。儿子成功了,但父亲的背却不再挺拔。父爱不仅仅是泪水与血汗的凝结,还是一种透过灵魂、无私忘我的奉献与关怀。这就是人们所说的"父爱如山"吧!

盲道上的爱

张丽钧

上班的时候,看见同事夏老师正搬走学校门口一辆辆停放在人行道上的自行车。我走过去,和她一起搬。我说:"车子放得这么乱,的确有碍校容。"

她冲我笑了笑说:"那是次要的,主要是侵占了盲道。"我不好意思地红着脸说:"您瞧我多无知。"

夏老师说:"其实,我也是从无知过来的。两年前,我女儿视力急剧下降,到医院一检查,医生说视网膜出了问题,告诉我说要有充分的心理准备。我没听懂,问有啥充分的心理准备。医生说,当然是失明了。我听了差点昏过去。我央求医生说,我女儿才二十多岁呀,看不见怎么行?医生啊,求求你,把我的眼睛给我女儿吧!那一段时间,我真的是做好了把双眼捐给女儿的充分心理准备。为了让自己适应失明以后的生活,我开始闭着眼睛拖地擦桌、洗衣做饭。每当给学生辅导完晚自习课,我就闭上眼睛沿着盲道往家走。那盲道,也就两块砖宽,砖上有八道杠。一开始,我走得磕磕绊绊的,脚说什么也踩不准那两块砖。在回家的路上,石头绊倒过我,车子碰伤过我,我多想睁开眼睛瞅瞅呀,可一想到有一天我将生活

在彻底的黑暗里，我就硬是不叫自己睁眼。到后来，我在盲道上走熟了，脚竟认得了那八道杠！我真高兴，自己终于可以做个百分之百的盲人了！也就在这个时候，我女儿的眼病居然奇迹般地好了！有天晚上，我们一家人在街上散步，我让女儿解下她的围巾蒙住我的眼睛，我要给她和她爸表演一回走盲道。结果，我一直顺利地走到了家门口。解开围巾，看见走在后面的女儿和她爸都哭成了泪人儿……你说，在这一条条盲道上，该发生过多少叫人流泪动心的故事啊！要是这条'人间最苦的盲道'连起码的畅通都不能保证，那不是咱明眼人的耻辱吗？"

带着夏老师讲述的故事，我开始深情地关注那条"人间最苦的盲道"，国内的、国外的、江南的、塞北的……我向每一条畅通的盲道问好，我弯腰捡起盲道上碍脚的石子。

有时候，我一个人走路，就跟自己说："喂，闭上眼睛，你也试着走一回盲道吧。"尽管我的脚不认得那八道杠，但是，那硌脚的感觉真切地瞬间从足底传到了心间。我明白，有一种挂念深深地嵌入了我的生命。痛与爱交织着，压迫我的心房。

就让那条盲道顺畅地延伸着吧！

心得便利贴

那条人间最苦的盲道，洒满了母亲对女儿深深的爱。是爱的力量让一个母亲鼓足勇气、坚定信心。或许正是这份爱随着盲道上的脚印，感动了上苍，还给了女儿一份最珍贵的光明。

登上山顶

苇 笛

他出生在山东沂县一个贫困的家庭，尽管他勤奋好学，贫困的家仍负担不起他的学费。念完初中，懂事的他便辍学了。

辍学后，他背上行囊，像千千万万的农村青年一样，来到了城市，成为一名农民工。不同的是，他的行囊里带着书，带着纸和笔。

在大连，他租了一间4平方米的小房，做起卖菜的小生意。每天凌晨2点左右，他到蔬菜批发市场批发蔬菜，然后再拉到菜市场去卖，每个月能赚500块钱。别人卖菜都大声地叫卖，他却把菜价写在标签上，等待别人来买。在等待的时间里，他如饥似渴地读书。没有谁会想到，一个卖菜的小伙子竟能在喧闹的菜市场读完《资本论》这样的书。

卖了两年的菜后，经人介绍，他去了一家工厂做仓库保管员。工作中，他接触到产品出货单、海外清单，上面全是英文，这激发了他学习英语的兴趣。他买来一些英语学习资料，开始学习英语。他仅有初中时打下的一点英语基础，学起来很吃力，但他相信只要坚持下去，就能把英语学好。就这样，他自学6年，终于拿到了英语专业的本科文凭。

1997年，工厂破产了，他失去了工作，又成了农民工中的一员。他给人划过玻璃，安装过空调，卖过雪糕，做过许多艰苦的工作。但是无论做什么工作，他都随身带着书。2004年，他参加了研究生考试。这一次，他成功了，被中国社会科学院录取了。捧着录取通知书，他流下幸福的泪水。

他叫郭荣庆，是一个憨厚的小伙子。他的事迹传遍了整个大连，电视台请他做节目。在节目现场，有位大连市民问他："在困境中，你是怎样激励自己的？遇到挫折，你是怎样面对的？"郭荣庆这样回答："如果你的目标是高山的山顶，那么你决不会因半山腰的藤绊了一下脚而停下自己爬山的脚步。所以，遇到挫折时，一定不要忘记，自己的目标还没有达到。"

是的，对郭荣庆来说，尽管工作与环境不断变化，但心中的目标却坚定不移，那就是——登上山顶！正是这个目标，激励着他不断努力，最终从一个普通的农民工成长为中科院的研究生。

心得便利贴

其实，很多人都有过"登上山顶"的目标，可是又有几个人坚持了下来？半途而废者比比皆是！守住目标，一定要有坚强的意志；实现目标，先问问自己："目标在心中的位置动摇了吗？"

班·符特生的故事

鲁先圣

　　班·符特生是谁？他曾是美国乔治亚州政府秘书长。他不是一个身体健康的人，在他24岁那年，一次事故使他永远失去了双腿，因此他只能靠轮椅行走。

　　他靠自己的意志战胜厄运、自强不息的故事在美国几乎家喻户晓。但是，即使在美国也很少有人知道，正是这个人给了成功学大师卡耐基巨大的人生启迪。

　　一个周末，卡耐基到乔治亚州的一个大学作演讲。在他结束演讲回到旅馆的时候，在电梯里碰到一个残疾人。他注意到这个看上去非常开心的人，两条腿都没有了，坐在一把放在电梯角落里的轮椅上。当电梯停在残疾人要去的那一层楼时，他很开心地问卡耐基是否可以往旁边让一下，好让他转动他的轮椅。"真对不起，"他说，"这样麻烦你。"卡耐基看到，这个残疾人在说这句话的时候，脸上露出一种非常自信而温

暖的微笑。

当卡耐基离开电梯回到房间之后,这个残疾人脸上的那种自信的微笑一直在他的眼前挥之不去。卡耐基相信,这种自信的后面一定有不平凡的故事。他决定去找他。

"事情发生在多年以前。"班·符特生微笑着告诉卡耐基,"我砍了一大堆胡桃木的枝干,准备做我菜园里豆子的撑架。当我把那些胡桃木装上车正准备开车回家时,突然间一根树枝滑到车上,卡在了引擎里,这时恰好车子急转弯。车子冲出路外,我撞在树上。那年我才24岁,双腿被截肢了,从那以后就再也没有走过一步路。"

卡耐基问班·符特生怎么能够接受这个残酷的事实。他说:"我以前并不能这样。"他说他当时充满了愤恨和难过,抱怨自己的命运,可是时间仍一年年过去,他终于发现愤恨使他什么也做不成,只会产生对别人的恶劣态度。"我终于了解到,"他说,"大家对我都很好,很有礼貌,所以我至少应该做到的是,对别人也有礼貌。"

卡耐基问班·符特生:"经过了这么多年以后,你是否还觉得发生那次意外很不幸?"班·符特生很快地说:"不会了。"他接着说,"我现在几乎很庆幸有过那一次事故。"他告诉卡耐基,当他克服了当时的震惊和悔恨之后,就生活在了一个完全不同的世界里。他开始看书,对好的文学作品产生了兴趣。在那以后的14年间,他至少阅读了1400本书,这些书为他打开了一个崭新的世界,他的目光和思想一下子丰富多彩起来。他开始聆听音乐,以前让他觉得沉闷的交响曲,现在都能使他非常受感动。最重要的是,他学会了思考。他说:"我能让自己仔细地看看这个世界,拥有真正的价值观念。我开始了解,以往我所追求的事情,大部分实际上一点价值也没有。"

任何一个了解班·符特生人生经历的人,都会从他的人生经历中受益无穷。当一个人把自卑踩在脚下的时候,当一个人决定不再接受别人的怜悯的时候,当一个人决心要给他人带来微笑的时候,他自己也无法了解的潜藏在他内心深处的能量就爆发了。

心得便利贴

契诃夫曾说过:"困难与折磨对于人来说,是一把打向坯料的锤子,打掉的应是脆弱的铁屑,锻成的将是锋利的钢刀。"在苦难面前,班·符特生选择了坚强,让生命展现出鲜艳的色彩。

窗外的天空很蓝

高 兴

比尔大学毕业后应征入伍,被派遣到美国海军第七陆战队第五特遣队。

就在比尔兴冲冲地前去报到的一周后,还没等他充分欣赏和享受加州那迷人的海滩、和煦的阳光,他所在的部队便奉命开赴沙漠地区,进行野外生存训练。

对比尔来说,这次训练既令他兴奋又令他紧张。兴奋的是可以领略沙漠美丽的风光,紧张的是他不知道即将开始的生活是什么样。然而,初见广袤沙漠的喜悦和兴奋,也就在他的内心停留了那么两三天,便被严酷的生存训练课所吞噬。

比尔躺在自己挖的沙窝里,一分一秒地忍受着耐力训练给他带来的孤寂与焦躁。他想找一个人聊一聊,可离他最近的列兵约翰也有30米远,他们无法交谈;他想睡一会儿,可又怕毒蛇和沙暴的突然袭击。他只感觉眼前漫天的黄沙仿佛是一台榨油机,正一点一点将他内心的那份坚强与自信榨干。

然而,这一切只是他们这次训练的开始。

就在他来到沙漠的第十五天后,他给他的父亲——一位陆军将军写了封信,希望父亲能利用他在军界的关系将他调离特遣队。

之后,等待变成了他每日军营生活中唯一的希望。

一周后,他接到了父亲的来信,父亲在信中只给他讲了这样一个故事:

那是在第二次世界大战时，在纳粹的奥斯维辛集中营的一个狭窄的囚室里关着两个人，他们唯一能了解世界的地方，是囚室里那扇一尺见方的窗口。每天早上，他俩都要轮流到窗口眺望外面的世界。

一个人总爱看窗外的天空，看蓝色天空中的小鸟自由地翱翔。另一个人却总是关注高墙和铁丝网；前者的内心豁达而高远，而后者的心里却充满了焦虑与恐惧。

半年后，后者因忧郁死在狱中；前者却坚强地活了下来，直到获救。

同样的环境为什么孕育了两种不同的人生态度？还有什么事情比一个人能够努力地活下去更了不起呢？还有什么能够比一个人每天早上醒

来，看见早上的阳光、蓝天，更令人愉快呢？如此一想，比尔的心窗亮了。

在接下来的训练中，比尔的内心仿佛又充满了活力。他没有辜负父亲的用心，在那次艰苦的训练中，因表现出色而获得嘉奖。

人生中，确实会有许多问题困扰着你，不同的是，同样的困境中，有的人失败了，有的人成功了。之所以会出现这样的结果，问题就在于有人只希望脱离苦海，有人却希望获得应付问题的力量。

心得便利贴

心境决定命运。若一个人的心里长存美好，那么他眼睛里看到的，耳朵里听到的都是美好的事物。所以从坚定的执着的满是希望的心出发，才会在困境中体味到生活的美好。

郭晖：摇着轮椅上北大

李春雷

噩梦的降临

在邯郸市实验小学读书的时候，郭晖喜欢跳舞、长跑，她的梦想是当一个舞蹈演员。

一切的转折是在 1981 年 5 月 9 日，她刚刚 11 岁，正读小学五年级。那天上午，体育课上练习跳远，她不小心崴了脚，脚踝处隐隐作痛，伤处还有红肿出现。晚上睡觉的时候，细心的母亲发现了，心疼得直流泪，马上带她去了医院。后来的一生中，母亲是多么的后悔啊。

如果不去医院，用不了几天，孩子的脚会自愈的。可这一去，误诊便把唯一的女儿引上了一条谁也意想不到的人生道路。

第一家医院说是滑膜炎，连打了三四针封闭，红肿未见消退；第二家是中医院，建议用中药，喝苦水；第三家是市内权威医院，说是风湿性关节炎，肌肉注射激素。最终切片化验结果终于出来了，是滑膜结核。

结核在过去曾是不治之症,但现在是可以治愈的,那就治疗吧。郭晖住进了老家长沙的一家专业医院。

疼痛中的坚持

这时的她还能走路。医生乐观地说,过不了多久,你就会像以前那样跑起来的。

天真的小姑娘笑了,心底里的天鹅湖又开始上演了。

1982年10月的一天,她突然发起了高烧,持续不退。

三天后的一个夜里,昏迷中的她突然问陪床的母亲:"妈,我的身子呢?我的腿呢?"

妈妈摸着她的双腿,惊奇地说:"不是在这里吗?"

"没有啊,我感觉不到呀!"郭晖用手狠命地拧着自己的腹部和双腿,竟一丝痛感也没有。想翻一下身,除了头颅和双臂外,浑身都不听指挥了。

刹那间,她明白了:自己已经彻底瘫痪了!

医院赶紧拍片,这才发现,骨结核导致脊椎七至九节严重畸形,压迫神经,部分脊椎已经损坏殆尽。医院无计可施,不得不劝她们另寻高明,去北京手术。

留在该院,无异于等死,可长途跋涉去北京,又无异于送死。走投无路时,家人只得把她抬进了长沙市人民医院。

那是一次开胸手术啊,刀口是从腋下切开的。手术只是清除了结核病灶,但高位截瘫是确定无疑了。

父母是无论如何不会放弃的。1985年1月,父母终于将她送到了位于北京通县的国内最著名的骨结核医院,进行了第二次开胸手术。这次开胸是从背后切入的。

对疼痛她早已习惯了,在术后的半年里,她甚至渴望疼痛,疼痛是存在,疼痛是唤醒,疼痛是幸福,可大部分的身体连疼痛的感觉也没有啊，只要能站起来，不，能爬起来也行啊。她在疼痛中坚持着，她总相信，忍到最后是希望。但，希望的影子最终也没有光临。

两平方米的世界

郭晖的世界只有两平方米，以臂为半径，连近在咫尺的窗帘，她也没有能力去拉开或合拢。她只能仰躺在床上，不能侧身，不能翻身，更不能坐起来。想想看，一个高位瘫痪的人，能干什么呢？

白天，家里只有她一个人。父母都上班了，为了自己，家里已负债两万多元，而父母的月工资相加也不过200元。家里连电视机也没有，她只能就这样躺着，躺着……

"嘭、嘭……"有人敲门了，她不能去开。忽然闻到一股臭味，原来自己大便了，她没有感觉。楼上人家装修，天花板和墙壁剧烈地震荡，她还小，以为是地震，吓得嗷嗷大哭，想逃跑，身体却动弹不得。

这样活着有什么意思呢？她想到了自杀，可她连自杀的能力也没有啊。

父母觉察出了她的心态，把她安排到客厅里住。这样，家里来人可以说说话，大家围坐在一起，消除寂寞。还给她买回来一个收音机，没日没夜地陪她说话、唱歌。

楼上有几个小伙伴，也不时地来看她。敲门后，她开不了门，她们就站在门外跟她说话，给她唱歌，讲学校里的事儿。

她仰躺在床上，静静地听着，脸上绽开一缕缕苦笑。

生命的信念，如同一盏油灯，飘飘忽忽地亮着……

既然生命不能就此终结，那为什么要让时间白白流逝呢？于是，她决定开始自学，她又拿起了小学课本。

可是，她是一个连翻身的能力都没有的残疾人啊。她坐不起来，只能躺着用双手举着书看。

就这样，无腿的她开始了一场令世人匪夷所思的攀登。一起上路的

还有她的父母。

要活下去，首先要坐起来。

胸部以下没有知觉，脊椎无法用力，只有靠臂力带动。母亲在她后背垫下一层层被子，每次5分钟、6分钟，逐日递增。她已习惯了仰视，刚坐起来的时候，眼光是迷离的、散乱的，世界在她面前像一组组摇晃的镜头。这个过程整整适应了一年，她终于能坐起来了，世界在她眼里各就各位，又恢复了秩序。

母亲日夜操劳，端水喂饭，梳头洗脸，她生了褥疮，后背溃烂，母亲时时扶她翻身。大小便失禁，被子、褥子需要天天清洗。家里积债如山，连洗衣机也买不起，母亲就是一台永不疲倦的洗衣机啊，时间长了，母亲的手指竟变成了畸形，就像树根一样曲折。

父亲早年毕业于浙江大学，爱好音乐，会拉小提琴，可现在，乐器都被藏在了床下，被老鼠咬断了弦。他学会了打针，成了女儿的保健医生，每天夜里帮她按摩和屈伸双腿，一次、两次，直至两千次……固执的父亲总希望突然有一天，女儿猛地站起来，笑盈盈地说："爸，妈，我好了，上学去了。"说完就蹦蹦跳跳地跑出了门。可这是一个怎样的幻想啊！

在母亲的搓衣声中，在父亲的按摩声中，郭晖用三年时间自学了初中和高中的全部课程。

胸中的世界慢慢大了起来，有了阳光，有了笑声。

无悔的选择

已经好几年没有出门了。

父母为她买了一辆手摇车，时时推她出去。她苦苦的生命第一次闻到了阳光的暖香，感到了风的甜润，生命是多么美好啊。

一次，在学校操场散步时，遇到了父亲的同事张老师。张老师说，最近学校办了一个英语自学考试大专班，像她这种情况可以报名。她的眼前一亮。

大专班的教室在 5 楼，每次上课的时候，父母轮换着把她背上去。到教室后，她坐不稳，父母就用四个课桌把她紧紧地挤在中间。但仍是不稳，身体在课桌间直摇晃，她的双手只得抠住桌沿。为了避免上厕所，她不吃饭，不喝水。别的同学都是正常高中毕业，系统学过英语，只有她是小学文化程度。刚开始的时候，听不懂，跟不上，气得直想哭。

上课的时候，健全人大都嘻嘻哈哈，心不在焉，窗外的诱惑太多了。只有她认认真真，字斟句酌，如春蚕食桑，全变成了腹中的经纬。毕业考试的时候，全班三十多名同学，只有郭晖一次性全部通过。

接着，她又报考自学本科。

两年后，在父母的支持下，再次顺利通过。

1996 年初，山东大学在本市开办英语研究生班，她想报名，可一打听，三年下来，费用三四万元，这对她这个外债累累的家庭来说，是一个天文数字啊。可父母还是咬了咬牙，借了 17000 元，预交上了首期费用。

1998 年 7 月，研究生课程全部考试完毕，第二外语——日语也考过了，就在这时，国家高教委出台最新规定。按照新规定，她三年后才有资格申请学位。

2002 年 6 月下旬，当三年期限结束的时候，她赴山东大学进行学位答辩。

郭晖进入答辩现场后，她的母亲在门外等待。两个小时后，李玉陈教授出来了，问："你是郭晖的奶奶吗？""不，我是她的母亲。"白发苍苍的母亲颤颤巍巍，心里直害怕。

李教授尴尬地打量了一会儿，接着，快步向前，握住她的手，说："感谢你培养了一个好女儿，这是我们十年来听到的最好的论文答辩……"

一个月后，山东大学正式授予郭晖英语硕士学位。

迈入最高学府

2002年底，郭晖在网上查阅2003年度博士生招生情况，发现有四所大学所设专业与自己的方向相近。于是，她试探着给四位导师各写了一封信。

一周后，只有北京大学的沈弘教授回信了。这位从剑桥大学留学归来的博导欢迎郭晖报考，并"坚持择优录取"，至于残疾情况，他只字未提。

郭晖一头扎进书海里，开始了最后的冲刺。

不要以为郭晖天赋聪明，不，连她自己也承认，她只是一个智力普通的人。她的特点就是专心持久，心无旁骛。她是一个残疾人，相对于两次开胸手术来说，学习对于她实在是太享受了。而且，她已经没有别的希望和出路，她把生命的所有光亮全部聚集到了一个焦点上。

2003年3月22日至25日，郭晖在全家人的陪同下，赶到北大。

考试那一天，当郭晖父母再次把她背进考场时，由于监考人员不知道她是一位残疾人，早已把她的考号贴在考桌上，可她根本无法端坐在椅子上。怎么办？这时，母亲拿出早已准备好的搓衣板，放在轮椅上，转眼间，一个特殊的课桌组成了。但，这是违背考场纪律的啊，监考官马上请示考点主任和招生办领导，经同意后，把桌上的考号揭下来，重新贴在搓衣板上。

郭晖俯下身去，拿起了笔，走进了另一个温暖的世界，乔叟、莎士比亚、拜伦、雪莱、艾略特和琼生都在向自己微笑……

分数出来了，出乎她意料的是，她竟然考了第一名，各门分数都超出第二名许多。

但麻烦同时也敲门了。

北大百年历史上从没招收过如此高度残疾的博士生，但从2002年开始，国家明确规定：各大学不得以任何借口拒招残疾学生。面对这个从未有过的难题，北大犹豫了。

这时，沈弘教授站了出来，向学校写信："在国外，我从没有听说过因残疾而被大学拒收的先例……"

北大招生办经过多方权衡后，终于向郭晖伸出了欢迎的手。郭晖报到的时候，校领导已经指示破例为她单独分配一间宿舍，允许家人陪读。更让郭晖感动的是，第二天，她经常出入的房间、楼道、厕所、教室等地方的台阶全部被铲平，代之以适合轮椅行走的平缓通道……郭晖用双手摇动着轮椅，来去自如，长发飘飘，像鱼儿在水里一样欢快，鸟儿在林里一样自由……

这是她的生命之舞啊！

我要对你说

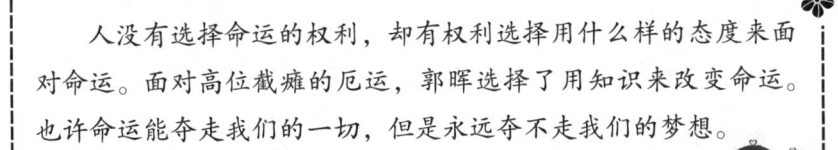

人没有选择命运的权利，却有权利选择用什么样的态度来面对命运。面对高位截瘫的厄运，郭晖选择了用知识来改变命运。也许命运能夺走我们的一切，但是永远夺不走我们的梦想。

与失败共舞

崔鹤同

美国的保罗·纽曼，1954年出演的处女片是英国导演维克托·萨维尔执导的爱情片《银酒杯》。这是一部失败的影片，他的家人也不客气地把它评为"一部糟糕的影片"。此后，洛杉矶电视台突然决定重新在一周内连续放映该片，显然是有意让他在公众面前"献丑"。

保罗开始对此异常恼火，觉得洛杉矶电视台对自己太"狠毒"了，让自己无地自容。但他经过冷静思考后，心里很快恢复了平静，不但不再怪罪别人，还想借此作为自己一个"悔过自新"的机会。于是决定"自揭疮疤"，自费在颇有影响的《洛杉矶时报》上连续一周刊登大幅广告："保罗·纽曼在这一周内，每夜向你道歉！"此举轰动全美。他不仅未因此出丑，他的坦诚和大度反而得到绝大多数人的同情和谅解，从而声誉大增，好评如潮。

这件事给了他很大的启发，使他懂得了如何对待自己的不足，对待别人的批评，以及如何面对前进道路上的困难和坎坷。接着，保罗在影片《朱门巧妇》中出演一位美国富豪看淡名利的儿子，他将角色的一

系列心理变化刻画得极为细致,颇具爆发力。这部影片使他第一次荣获了奥斯卡奖最佳男主角的提名。1961年,他凭借影片《江湖浪子》第二次获得奥斯卡奖最佳男演员的提名。然而,不幸的是,直到20世纪70年代和80年代初,他凭着在《原野铁汉》《铁窗喋血》《并无恶意》等影片中的出色表演,曾前后7次获得奥斯卡奖的提名,却总与"小金人"无缘。但保罗并未因此灰心丧气,而是继续发奋努力,不言放弃。1986年,他终于迎来了一生中辉煌的转折点——他在著名导演马丁·斯科塞斯执导的《金钱本色》影片中,凭借炉火纯青的演技获得了第五十九届奥斯卡奖最佳男主角,摘得了影帝的桂冠。保罗还先后获得过戛纳影展最佳男主角、英国电影学院最佳男演员以及柏林影展最佳男主角等大奖。保罗在演艺生涯中,曾在89部影片中担任重要角色;而且,1968年,保罗·纽曼执导的第一部影片《巧妇怨》,使他获得了当年的纽约影评人协会最佳导演的称号,第二年再次获得第二十六届金球奖最佳导演以及第四十一届奥斯卡奖的最佳电影的殊荣。保罗·纽曼无疑已成为世界亿万影迷心目中的偶像,他已是世界影坛上举足轻重的艺术大师。

　　毫无疑问,如果保罗经受不起当初洛杉矶电视台对他的"打击",从而自暴自弃,一蹶不振,那么,绝没有他日后的发达与辉煌。其实,失败只是一个过程,是前进道路上的一次尝试。失败不要紧,可以吸取教训,从头再来。而且关键是要承认失败,直面失败,接纳失败,并怀着一颗感恩的心,与失败"共舞",从而坚持不懈,一路向前,那么,伟大的成功一定会在转角处等着你。

心得便利贴

　　人生的旅途上,能够最终领略美妙风景的,必然是那些强烈地渴望着登临巅峰,感受"一览众山小"的博大气魄的跋涉者。途中不可避免地会有坎坷和磨难,但是,走到最后的才是矗立在人生之巅的成功者。

树木的生存智慧

感　动

长白山是一座死火山，山脚下土层厚的地方森林茂密，但是随着海拔的增加，覆盖山体的便都是黑色的火山石和白色的火山灰了。恶劣的生存环境，使高大的乔木，甚至是灌木都望而却步了。

但站在海拔 400 米向上望去，竟有一片片火样的颜色。向上攀登时，我才发现，那是一种成片的矮小植物所绽放的花朵。

当地人告诉我，这种开花的植物叫作高山杜鹃。

我仔细观察这些高山杜鹃，它们只有几厘米高，几乎是贴着地面生长。虽然它们的生长环境是没有养料的火山岩，但那花朵却如一团团火焰在迎风怒放，看着高山杜鹃生机勃勃的样子，比山下的高大树木更加盎然。管理人员告诉我，高山杜鹃之所以能在寸草不生的碎岩上生存，并绽放成一道美丽风景，最根本的原因是矮小，它们的植株只有几厘米，这已到了木本植物的极限。这使它们对养料的需求也达到了极限的少。而且，山上可以吹折树木的强风也不会波及这些矮小的植物。

所处位置越高，处世态度越要低调。虽说高处不胜寒，但高处仍然有风景，我想，这其中的玄机值得回味。

长白山脚下，锦江大峡谷边的原始森林里，有许多倒下的大树，游人见此，均感奇怪：这么粗壮高大的树怎么会轻易倒下呢？

一位导游这样解释：这些大树的问题是出在树根上。一棵树的生长不只是地上部分的生长，上面生长的同时，地下的根系也要随之生长。地上与地下的生长是成正比的，可以这样说，地上的树有多高，地下的根就有多长，只有地下的根系发达，才能为地上的枝干提供足够的水分、养料，也才会有足够的力量支撑地上的部分。倒下的这些树，都是根系不发达、根扎得不够深的树。这样，大的风雨袭来，它们便会轰然倒下，并且，如果根基不牢，越高大的树木，就越容易倒下。

我看了看那倒下的大树的树根，果然如他所说。

所有的事物都依赖于根基，根基不牢，再恢弘的伟业也会在一瞬间回归到零。

在长白山莽莽林海中穿行，常看到这样一个奇怪的现象：稀疏生长或独自生长的树木，树身都不会太高，而且它们的枝干也弯曲不直。但成片的树木则每一棵都高大挺拔，从不旁逸斜出。

阳光、水分是树木生存发展必需的条件，按这个生存法则，占有阳光、空间多的树木一定会比那些只顶着头上巴掌大一块天的树

木要长得好。但为什么生存环境优越的树木反而没有环境恶劣的树木高大挺拔？

正在我迷惑不解时，一个当地人这样说，树也同人一样，稀疏的树木因为没有竞争存在，就懒散着随意生长，这往往使它们长得奇形怪状，最终不能成材；而长在一起的树木，每个个体要想生存，就必须让自己长得高大强壮，这样才能争得有限的阳光、水分等生存资源，从而存活下来。最终，它们长成了令人尊敬的栋梁之材。

竞争的力量，往往是让生命自强不息、锻炼成才的最好力量。

心得便利贴

树木能在地球上生存亿万年，有着它充分的生存之道。身处高位，就要把根扎得更深，否则，再恢弘的伟业也会在一瞬间归零。竞争是让生命变得强大的最好方法。这是一个成功存活的物种数十亿年积累下的经验，值得我们深思。

拉网的时候

吕 林

渔夫几乎都有这样的体会：

当你拉网时，如果网很轻很轻，你知道这肯定是空网。对此，你不会介意，只是摇摇头，笑一笑，赶紧把网拉起，然后又奋力甩出一网……

但是，当网很重很重的时候，你会顿然兴奋，甚至充满五彩斑斓的幻想。你使劲地拉呀，拉呀，结果出乎你所料，网里只有一块石头。于是，兴奋变成了咒骂，幻想变成了沮丧。你为刚才的惊喜默默地惋惜，好久好久你没再撒出一网……

在生活的海洋里，年轻的朋友，你是否也曾有过这样的情况？

——你学习很好,为了这次高考的成功,你开足马力,日夜拼搏,可是仅以一分之差名落孙山。于是,你哭了,你认为一切都已化为泡影,发誓今后永不再进考场!

——你方方面面都很出色,几经考核,晋级提干大有希望,可是由于某种原因你未能如愿。于是,你烦恼,你猜想,你的情绪一落千丈!

——你已临近婚期,可万万没有想到未婚妻要与你分手各自一方。你没有多说一句话,只是从此,从心底憎恨每一位姑娘!

是的,明显的失败,自己能预料到的失败,往往能让人接受。可接近成功的失败,意外的失败,却容易给人巨大的打击和痛心的失望。不过,也正是在这时,才真正能考验我们。或再坚持一步,或勇敢地从头再来,就一定能看到成功的曙光!

在生活的海洋里,我们每个人都好比是渔夫,每天都在劳动,都在撒网。无疑,撒网就是播种希望,但拉网不一定都有收获。所以,当我们拉网的时候,网轻,我们不心灰意冷;网重,我们不欣喜若狂。请相信,只要使劲地撒网,使劲地拉网,就能得到生活的最高奖赏!

心得便利贴

生活的旅途中,有成功也有失败。成功时,我们不应该欣喜若狂,依然保持一颗平常心;失败时,我们不应该心灰意冷,吸取失败的经验教训,继续前行。只有保持这种得意泰然、失意坦然的心态,我们才能得到生活的最高奖赏。

一切皆有可能

曙峦

当父亲在医院第一眼看到新出世的儿子时,他的心都碎了——小家伙只有可口可乐罐子那么大,腿是畸形的,而且没有肛门,躺在观察室里奄奄一息。雪上加霜的是,医生断言,孩子几乎不可能活过24小时!

悲伤的父亲回去给孩子准备好小衣服、小棺材、小墓地后,回到医院发现儿子居然还活着。可医生又接着说了,孩子不可能活过一周;然而,小家伙挣扎着,活过了一周,又是一周……

孩子顽强地活了下来。父亲将他带回家,取名约翰·库缇斯。

小约翰实在太小了,周围的一切对他来说都像庞然大物。胆怯的他对任何比他大的东西都充满恐惧,尤其是家里的狗经常欺负他。然而,家人并未因为他的恐惧而给他多几分关爱。相反,父亲经常对他说:"你必须自己面对一切恐惧,勇敢起来!"

时光飞逝,小约翰上学了。当他背着比他个头儿还大的书包、坐在轮椅上开始憧憬新的生活时,他压根也没有想到迎接自己的却是噩梦。

学校里有很多调皮的学生,个头儿矮小的约翰几乎成了他们的玩偶。他们掀翻他的轮椅,弄坏他轮椅上的刹车,让他从学校走廊直接"飞"进老师的办公室,甚至把他绑在教室的吊扇上随风扇一起转动。最恶劣的一次是几个同学用绳子绑住他的手,用胶纸封住他的嘴,把他扔进垃圾箱里,接着在垃圾箱外点起了火。滚滚浓烟令约翰窒息,他恐惧极了,瘦小的身体拼命挣扎,直到一位老师将他解救出来……

后来,约翰上了高中。在一次幻灯课上,约翰出去上厕所,可是,他在黑暗中每移动一步，都感到钻心的疼痛。当他来到光亮处时，才发现自己的手上扎满了图钉，鲜血直流。

约翰终于无法忍受了。回到家，望着镜中的自己，想着自己一次次被折磨、被侮辱的遭遇，他放声大哭。他想到了死亡，想到了自杀，但他还是舍不得疼爱他的双亲……

高中毕业后，约翰决定给自己找个工作。那时候，他已做了腿部的切除手术。每天早上，他爬在滑板上，敲开一家又一家的店门，问店主是否愿意雇用他。可等人家打开门时，根本就没有发现几乎趴在地上的约翰，就又把门关上了。

经过千百次应聘失败后，约翰终于在一家杂货铺找到了自己的第一份工作。后来他又做过销售员、技术工人，还在一个仪表公司拧过螺丝钉。他每天凌晨4点半起床，坐火车到镇上，然后爬上他的滑板，从车站赶到几公里外的工厂。尽管生活艰辛，但是能够自食其力，约翰勇敢而快乐地活着。

繁重的工作之余，约翰最大的爱好就是运动。从12岁起，他就开始打室内板球，后来还喜欢上了举重与轮椅橄榄球。由于上肢的长期锻炼，他的手臂有着惊人的力量。他对运动的执着热爱，使他取得了一系列好成绩，相继获得了1994年澳大利亚残疾人网球赛的冠军以及2000年全国健康举重比赛第二名。

约翰的经历吸引了越来越多的人，常有人追问他的种种故事。终于，在一次午餐会上，约翰应邀作了简短的演讲。他的经历与现状让现场的观众热泪盈眶，他也因此赢得了热烈的掌声。

那次经历让约翰豁然开

朗，他猛然发现了一个最适合自己的职业——到讲台上去，去讲出自己的挣扎与拼搏，去讲出自己的恐惧与忧伤，去讲出自己的渴望与梦想！

约翰开始了公众演讲。在演讲台上，约翰用粗壮的胳膊支撑着身体，用幽默的语言讲述着自己的经历，和听众一起分享自己的人生体验；那些从他心底涌出来的充满价值、富有哲理的话语，带给听众深深的思索与启迪；而他那双炯炯有神的眼睛，几乎能够看到听众心底……

到现在为止，约翰已在一百九十多个国家作了八百多场演讲，他用自己的亲身经历，激励和影响了无数听众……

如今的约翰·库缇斯已是澳大利亚家喻户晓的人物。回首往事，约翰说道："这个世界，充满了伤痛和苦难。有的人在烦恼，有的人在哭泣。面对命运，人应当拥抱痛苦笑对人生，而不只是与之苦斗。任何苦难都必须勇敢面对，如果赢了，则赢了，如果输了，就是输了。一切都有可能，永远都不要说不可能。"

心得便利贴

或失败，或成功，一切都有可能发生——即便你为之付出了巨大的努力。然而，人生不应以成败论英雄，面对苦难，那些以微笑迎接的人就是我们心中的英雄。

享受痛楚

张起韬

美国西海岸边境城市圣迭戈的一家医院里，住着因外伤而全身瘫痪的威廉·马修。每天早晨他都要承受来自身体不同部位将近一个小时的疼痛煎熬。年轻的女护士因马修所经受的痛苦难过得以手掩面，目不忍睹。马修说："钻心的刺痛固然难忍，但我还是感激它——痛楚让我感到我还活着！"

当灾难降临到生命的过程里，面对痛楚，大多数人感到的是不幸，是失望，表现的是哀怨，是颓废。而马修从痛楚中发现喜悦，这似乎有点儿自虐般的荒唐。但置身马修的处境，就知道这痛是一度瘫痪的神经的苏醒，是重新恢复生命活力的希望。

痛楚，对于莺歌燕舞、风和日丽的生命绿洲，代表着残酷与不幸。但对于麻木无知觉，它又是生命的喜悦。因为如果痛楚感是一处断壁残垣的话，无知无觉的麻木则无异于死寂的戈壁

沙漠。

自从潘多拉魔盒打开后，人就要面对太多的痛。我们不能赞美痛楚，但它作为生命的一种感觉，从一个对立的角度激励着生命，诠释着生命。一个未经历痛楚的人，必然对幸福缺乏判断能力；一个不能感知痛苦的人同样对追求缺乏方向感。

你为无所适从的"新潮"冲击而苦闷吗？为邪恶和恐怖的肆虐而痛心吗？为某些权力的异化而愤怒吗？为人欲的泛滥而疾首吗？为正义的乏力、道德的退隐而蹙额吗？这些都证明你的思想能力、道德良知、社会责任感没有麻木！你为不断膨胀的知识感到疲倦吗？为剧烈的竞争感到劳累吗？为下岗的危机感到担忧吗？这都证明你的自尊、自强、自制、自立的灵魂还活着！

时时愉悦固能使人生美丽，痛苦照样可以使人生灿烂；处处幸运固然能将生命的价值托起，困难同样可以把生命的价值提升——只要你能像马修一样，从痛楚中发现喜悦，从困难中找到激情！

心得便利贴

不曾经历，不成经验。没有经历过痛苦的人生是乏味的，是苍白无力的，只有把痛苦当作养料，浇灌希望与梦想，你的人生之树才会枝繁叶茂。

第二章 Chapter 2

发现希望

不幸对于弱者
是万丈深渊，对于强者却是
一笔财富，它是人生
之旅的太阳，珍视它，你将体验到
生命不朽的真谛。

一杯水的转机

鲁小莫

大学毕业第一年，我随男友来到一座滨海城市。这座城市秀美宜人，我喜欢得很。唯一感觉头痛的是这里的方言很难懂。我适应了很久，却常常是，人家叽哩呱啦说半天，我一句话也听不懂。

我很快找到一份工作。在一家房地产公司做文员。这家公司的职员90%以上都是大学生。多数时间，大家用普通话交流，彼此相处融洽。而这家公司的老总，是一个地地道道的本地人。他说话嗓门高亢，一口浓重的方言。好在他经常不在公司，下达的指示，也多由办公室主任传达。尽管如此，我还是有了与他正面接触的机会。

那次，公司要与新疆一家集团公司进行谈判。几年前，这家集团公司在当地购买了几百亩土地，现打算出手转让。我公司有意购买。谈判在公司偌大的会议室进行。

谈判的过程并不顺利。我坐在会议室旁边的办公室里，不时听到会议室里争执的声音传出来。这家公司以前与我们有过合作，但双方合作得并不愉快。看来这一次也不例外，会议室里的争执时时有白热化倾向。

两三个小时过去了，谈判还没有结束。我兀自犹豫着：是不是该进去续一下茶水了？当争执的声音似乎低下来时，我轻轻推开门，走进去。

此时的会议室，哑无声息。谈判双方紧绷着脸，缄口不言。我不知道谈判正处于崩裂状态。对方人员刚才在情急中，口不择言地指出我公司以前的种种不是。我公司的老总，此时正怒火中烧。

我给大家续茶水。来者是客，当然先为对方人员续水。刚端起第一个茶杯，我听见老总响亮地说了一句话。他说的是："不必为他们倒水，你出去！"

可是我听不懂他的方言。

我转过头，疑惑地看着他。他面色威严，目视前方。

我脑子里迅速旋转一下：他在跟谁说话？跟我？还是跟别人？不会跟我吧！我继续倒水，并轻轻地说："请喝水。"

我拿起第二个茶杯的时候，听见老总又响亮地说了一句话，跟刚才一个腔调。并且，我感觉到，所有人将视线"刷"地一下集中在我身上。我迅速地扫视一下自己，衣着端庄，没有什么不妥。

我准备端起第三个茶杯的时候，对方公司的一名人员愣愣地看着我，憋不住似的"扑哧"一声笑开来。紧接着，整个会议室里，哄然大笑。没有人能够明白，为什么这样一个不谙世事的小妮子，竟然敢在这么正规的场合，公然挑战老总的威严与命令，还一脸的微笑与无辜。

在众人的哄笑中,我虽搞不清症结所在,却早已满面通红。我扭头看老总。他也看我,脸上的肌肉抽搐两下,终于忍不住,也咧开嘴笑了。

会议室的气氛一下子活跃起来。

我坚持给大家倒完水。有人轻轻起身,对我点点头,说:"谢谢。"

那天的谈判大获成功。我公司以低价购进土地,对方公司一次性回笼大量资金。让人意想不到的是,半年后,房地产形势更为乐观,房价直线上涨。那次成功的谈判,直接为公司带来经济利润上千万元。

而使得谈判成功的,不过是一杯茶水带来的转机。

心得便利贴

山重水复疑无路,柳暗花明又一村。生活中充满了荆棘和阻碍,要懂得打破僵局,缓和气氛,也许就是一个简单的动作,倒一杯茶水而已,就可以化干戈为玉帛。

不幸和幸福

奈格尔·乔治

米契尔曾经是一个不幸的人。

一次意外事故，把他身上65%以上的皮肤都烧坏了，为此他动了16次手术。手术后，他无法拿起叉子，无法拨电话，也无法一个人上厕所，但以前曾是海军陆战队员的米契尔从不认为他被打败了。他说："我完全可以掌控我自己的人生之船，我可以选择把目前的状况看成倒退或是一个起点。"6个月之后，他又能开飞机了！

米契尔为自己在科罗拉多州买了一幢维多利亚式的房子，另外也买了一架飞机及一家酒吧，后来他和两个朋友合资开了一家公司，专门生产以木材为燃料的炉子，这家公司后来变成佛蒙特州第二大私人公司。

在米契尔开办公司后的第四年，他开的飞机在起飞时又摔回跑道，把他胸部的12条脊椎骨全压得粉碎，腰部以下永远瘫痪！"我不解的是为何这些事老是发生在我身上，我到底是造了什么孽？要遭到这样的报应？"

米契尔仍选择不屈不挠，丝毫不放弃，还日夜努力使自己能达到最高限度的独立

自主，他被选为科罗拉多州孤峰顶镇的镇长，职责是保护小镇的美景及环境，使之不因矿产的开采而遭受破坏。米契尔后来也竞选国会议员，他用一句"不只是另一张小白脸"的口号，将自己难看的脸转化成一项有利的资产。

尽管面貌骇人、行动不便，米契尔却坠入爱河，且完成终身大事。他拿到了公共行政硕士学位并持续他的飞行活动、环保运动及公共演说。米契尔说："我瘫痪之前可以做1万件事，现在我只能做9000件，我可以把注意力放在我无法再做的1000件上，或是把目光放在我还能做的9000件事上，告诉大家说我的人生曾遭受过两次重大的挫折，如果我能选择不把挫折拿来当成放弃努力的借口，那么，或许你们可以用一个新的角度，来看待一些一直让你们驻足不前的经历。你可以退一步，想开一点儿，然后你就有机会说：'或许那也没什么大不了的！'"

不幸对于弱者是万丈深渊，对于强者却是一笔财富，它是人生之旅的太阳，珍视它，你将体验到生命不朽的真谛。

心得便利贴

生活中的幸与不幸，全在我们的一念之间，在不幸的考验中顽强地生存下来，你就是幸福的人。

发现希望

杨 行

1973年12月,肯尼出生在美国宾夕法尼亚州拉昆村。当母亲看到婴儿只有半截身体时,哭得死去活来。做父亲的比较冷静,再三安慰妻子:"我们要面对现实,不要绝望,生命还在,希望还在。"

肯尼1岁半的时候做了两次手术,腰以下的神经无法恢复,连坐都成了问题。医生却劝肯尼的母亲:凡事要尽量靠他自己的意志和能力去做。母亲接受了医生的忠告,尽量让肯尼料理自己的事情。数月后,肯尼竟奇迹般地坐了起来。不久,他开始尝试用双手走路。

肯尼开始上学了,每天都要装上重达6公斤的假肢和一截假胴体。坐着轮椅上厕所很不方便,每次都有同学帮助他。在这样的环境熏陶下,加上几位老师的爱护,使肯尼的心灵得到极大的净化。他爱生命,爱身边的每一个人。

肯尼是个摄影迷,一有空,他就挂上相机,摇轮椅到附近公园去。他一边给人拍照,一边说:"你的眼睛真漂亮,等照片洗出来我要挂在房间里做装饰。"说得姑娘们喜滋滋的。他帮妈

妈买东西，有时也替邻居洗车、剪草。这对一个没有下肢的人来说，要有多大的毅力啊！

如今，肯尼已经是加拿大的小影星了。他成功地主演了影片《小兄弟》。他对记者说："我在生活中没有困难，遇到困难就和大家一样，找出方法解决。"

小镇上，几乎每个人都迷恋着肯尼。有个老太太每天都站在门口，就是为了多看他一眼。

为什么人们都迷恋只有半截身体的少年肯尼呢？

肯尼的邻居乔安说："每个人都有烦恼。但是只要看到肯尼，就会觉得自己的烦恼是何等的渺小。"

还有一位邻居说："我们热爱肯尼，因为有了他，我们提高了战胜困难的勇气。我们要像肯尼那样，对生活充满自信！"

假如命运折断了希望的风帆，请不要绝望，岸还在；假如命运凋零了美丽的花瓣，请不要沉沦，春还在；生活总会有无尽的麻烦，请不要无奈，因为路还在，梦还在，阳光还在，我们还在。

心得便利贴

身残志坚的肯尼用精神感动着身边的人，也感动着我们的心。与他相比，我们还有什么好抱怨的呢？

当失败不可避免时

姚勇军

我的一位朋友曾参加广州某公司的应聘,当时,人事主管出了这样一道面试题:"假如你手上抱着一个很重的东西,不巧的是,有人碰了你的手一下,手上的东西即将掉下去,而且已经来不及抢救了,你该怎么办?"

"用剩余的力量将东西倒向没有人的地方。"朋友不假思索地说。

"如果四周都是人,怎么办?"主管继续追问。

朋友略微沉思一会儿说:"倒向男人而不要倒向女人;倒向男人的次要部位,而不要倒向他们的要害部位。"

这位主考官露出了满意的笑容,当场决定录用他。

不难看出,我的这位朋友深谙为人处世的道理:即使是面临不可避免的失败,也要选择较好的方式。

当失败不可避免时,我们常人的做法是,要么马上放弃,不思进取;要么"破罐子破摔",脚踩西瓜皮似的滑到哪里算哪里。反正都已经失败了,何必再枉费心机呢?我们常常这样怨天尤人、自暴自弃,可事后我们回过头来一看,又常后悔不迭。"就算是失败,假如我们不放弃,再好好地努力一把,也不

至于败得这样惨,输得这么多。"我们常常这样仰天长叹,可是木已成舟,再也无法改变了,留给我们的是无穷无尽的遗憾和失落,这一切都是我们的不尽力所造成的结果啊。

　　上面的故事告诉我们,即使是失败,我们也要保持乐观的情绪、积极的心态,尽我们最大的努力,把失败造成的影响降到最低。只有在失败中寻求新的成功,我们所失去的才是最少的,我们的人生才是最精彩的。

心得便利贴

　　失败是对人的磨砺,是为成功蓄积力量。当失败无可避免时,不妨保持乐观,继续奋斗,努力于败中求胜,尽可能地补救失败的损失,这也是一种可贵的进取精神。

跌倒的地方也有风景

崔修建

酷爱滑雪运动的吉尔·金蒙特在她 18 岁时,便已经在许多大赛中崭露头角,作为全美最有潜质的滑雪运动员,她的名气在快速地提升着,《体育画报》的封面选用了她飒爽英姿的照片。这时,她刻苦地训练,全力以赴地备战,目标就是在 1956 年的奥运会上摘得金牌。

然而,重大的不幸却猝然地朝她袭来。1955 年 1 月,在奥运会预选赛最后一轮比赛中,由于雪道太滑,她的一个小小的动作失误,让她没法控制住身体,顺着山坡,一个跟头接一个跟头地滚落下去。虽然,生命保住了,但双肩以下全部瘫痪的身体,让她只能永远地停留在轮椅上,再也不能重返赛场了。

抚摸着心爱的滑雪板,她不禁潸然泪下——奥运金牌的梦彻底地破灭了。

短暂的彷徨过后,她开始克服常人难以想象的艰难,一边同痛苦的病魔斗争,一边先从用特制的汤勺进食、操纵轮椅开始学习生活自理,然后学习写字、打字,身体好一点了,又去加州大学洛杉矶分院选听有关课程。

她希望自己能当一名教师,但她的申请一再被谢绝,因为她无法上下楼走进教室。

吉尔·金蒙特并没有因此而放弃做一名大学教师的努力，她继续做着各项准备工作，不断地向自己认为有希望的大学提交申请。直到1963年，她终于被华盛顿大学教育学院聘用，请她教授阅读课。很快，她便以出色的教学赢得了学生们的尊敬和爱戴，成为一名优秀的教师。后来，她还应聘到加利福尼亚州的一些大学。随着时光的流逝，她在教学方面赢得的荣誉已经超过当年在滑雪场上所获得的，虽然她没有拿到心中憧憬的奥运金牌，却赢得了远远胜过金杯银杯的"口碑"。

心得便利贴

吉尔·金蒙特的故事，再次告诉我们一个朴素的真理——跌倒的地方也有风景。在人生的旅途上，有些意外的风雨是非常自然的，只要你寻觅的眼睛没有被挫折带来的伤感遮蔽，继续认真地去寻找，相信你一定会找到通向成功的道路……

苦难后退

童战风

有个年轻人,有一天,因心情不好,他走出家门,漫无目的地到处闲逛,不知不觉间来到了森林深处。在这里他听到了婉转的鸟鸣,看到了美丽的花草,他的心情渐渐好转。他徜徉着,感受着生命的美好与幸福。忽然,他的身边响起了呼呼的风声,他回头一看,吓得魂飞魄散,原来是一只凶恶的老虎正张牙舞爪地向他扑过来。他拔腿就跑,跑到一棵大树下,看到树下有个大洞,一根粗大的树藤从树上深入到树洞里面。他几乎不假思索,抓住树藤就滑了下去,他想,这里也许是最安全的,能躲过劫难。

在树洞里,他松了口气,双手紧紧地抓住树藤,侧耳倾听外边的动静,并时不时伸出头去看看。那只老虎在四周踱来踱去,久久不肯离去。年轻人悬着的心又紧张起来,他不安地抬起头来。这一看又让他吃了一惊:一只尖牙利齿的松鼠正在不停地咬着树藤。树藤虽然粗大,可能经得住松鼠咬多久呢?他下意识地低头看了一眼洞底,真是不得了!洞底盘着四条大蛇,一齐瞪着眼睛,吐着长长的芯子。恐惧感从四面八方袭来,他悲

观极了。爬出去有老虎，跳下去有毒蛇，上不得，也下不得，想这么不上也不下吧，却有那只松鼠在咬树藤，他甚至已经听到了树藤被咬之处咔吧咔吧欲断未断的响声。

年轻人想：悬挂不动已不可能，树藤已不让他悬着了；跳下去也绝无生路，那是个死胡同，连逃的地方都没有；可是外面呢，有可怕的老虎，但也有鸟鸣，有花香。年轻人想，难道这就是人生的宿命？思索之中，他听到一个声音在喊："别怕，跑吧。"于是他不再作多余的考虑，一把一把向上攀登。他终于爬到了地面，看到那只老虎在树底下闭目养神。他瞅准这个机会，拔腿狂奔，终于摆脱了老虎，安全地回到了家。

人生有绝境，同样也有绝处逢生的时候，只要你不放弃，就有希望。有了希望，任何苦难都会悄然后退，给你让出一条生路来。

心得便利贴

人的一生中难免有面临绝境的时候，但只要存在一线希望，都要鼓足信心与勇气勇敢面对，这样才能从困境中突破重围，这时一切苦难都会在你面前让路。

用微笑把痛苦埋葬

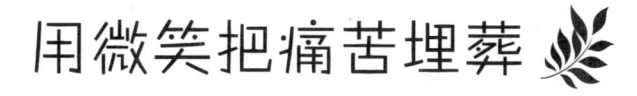

蒋 文

二战期间,一位名叫伊丽莎白·康黎的女士在庆祝盟军于北非战场获胜的那一天,收到了国防部的一份电报:她的独生子在战场上牺牲了。

那是她最爱的儿子,那是她唯一的亲人,那是她的命啊!她无法接受这个突如其来的严酷事实,精神几近崩溃。她心灰意冷,痛不欲生,决定放弃工作,远离家乡,然后默默地了此余生。

当她整理行装的时候，忽然发现了一封几年前的信，那是她儿子在到达前线后写的。信上写道："请妈妈放心，我永远不会忘记你对我的教导，不论在哪里，也不论遇到什么灾难，都要勇敢地面对生活，像真正的男子汉那样，用微笑承受一切不幸和痛苦。我永远以你为榜样，永远记着你的微笑。"

她热泪盈眶，把这封信读了一遍又一遍，似乎看到儿子就在自己的身边，用那双炽热的眼睛望着她，关切地问："亲爱的妈妈，你为什么不照你教导我的那样去做呢？"

伊丽莎白·康黎打消了背井离乡的念头，一再对自己说：告别痛苦的手只能由自己来挥动。我应该用微笑埋葬痛苦，继续顽强地生活下去。我没有起死回生的能力，但我有能力继续生活下去。

后来，伊丽莎白·康黎写了很多作品，其中《用微笑把痛苦埋葬》一书颇有影响，书中有这样几句话："人，不能陷在痛苦的泥潭里不能自拔。遇到可能改变的现实，我们要向最好处努力；遇到不可能改变的现实，不管让人多么痛苦不堪，我们都要勇敢地面对，用微笑把痛苦埋葬。有时候，生比死需要更大的勇气与魄力。"

心得便利贴

用微笑来面对痛苦，是一种坚强。当不幸或是苦难来临，人们即使伤心欲绝，也已经于事无补。生活仍要继续，勇敢地生活下去，"用微笑把痛苦埋葬"，这才是对不幸最好的嘲弄。

他失明却不失败

[美] 萨拉

佩奇·皮特本来是个失败的人，但他却成功了。多年来，皮特教授领导着马塞尔大学的传播学系，他取得的众多奖项固然证明他的了不起，然而最不平凡的是，他是在差不多完全失明的情况下取得了如此大的成就。

5岁时皮特便失去了97%的视力。虽然将近失明，但他拒绝进入残疾人学校，并争取到了公立学校的就读机会。他参加棒球队时，担任第一垒，凭着球在草上呼啸的声音设法扑捉低球；他踢美式足球时，担任二线拦截；他读大学时，经常请同学念书给他听；当他成为大学教授后，又赢得了顶级优秀教授的美誉。其他人并不比皮特优秀。

一天，一名学生不假思索地问皮特教授，什么是最糟糕的伤残，失明还是失聪？缺手还是缺腿？抑或是其他？当时，空气中弥漫着一片凝滞而不祥的严肃。之后，皮特勃然大怒，说："这

些都不是。了无生气、不负责任、欠缺野心和渴求，这才是真正的伤残。在这一课，若我不曾教你什么，但能让你明白与生命密切相关的某些东西，这一课将会是莫大的成功。"

没有人可以挑战皮特。他经常向学生怒吼："你在这里并不是要学习平庸，而是学习如何卓越！"皮特还经常告诉学生："倘若我要求你往外跑，经历人生，你却因为弄伤腿而不能前行，在救护车尚未到达前通知我，我便会原谅你。但是，不要随便找借口！这会令我受伤，解释更是在我的伤口上撒盐。"

皮特是对的。我们所面对的真正敌人——给我们最大的打击的，往往不是失明或失聪等伤残，而是了无生气、不负责任、欠缺野心和渴求。也许你和自小失明的皮特一样是伤残人士，也许你因伤残而自怜，失败时常常迅速地原谅自己，并为自己制造种种借口，将责任归咎于身体的伤残，说自己是环境的受害者……除非你发现最大的敌人原来是自己，否则你的生命将一败涂地。

心得便利贴

皮特用自身的经历告诉我们：心灵的"伤残"远比肉体的伤残可怕，它会摧毁我们前进的动力。只有先战胜自己，才能成就辉煌人生。

不要省略了泥土

崔修建

　　林业大学园艺学专业毕业的陈凯，在一位朋友的父亲的"特别关照"下，扔掉了专业，进了省教育厅招生办，做了一名小有实权的科员。他在那个位置上顺顺当当地干了四年，没有大业绩，也没有大过失，很逍遥地打发着岁月。然而，在一个春天的某个清晨，他被突然告知：因机构精简，他下岗了。

　　尽管他有一点心理准备，但事情真的降临到自己头上，他还是有些慌乱。此时，他找不到更强硬的社会关系庇护自己了，早已习惯了在机关清闲地混日子的他，不知该到哪里再寻一份更好的工作。在拥挤的人才市场转了一大圈后，他对自己今后的路一片茫然。

　　几番求职无着，他带着难以掩饰的失意，落魄地回到了老家——北方一个偏远的林区小镇。

　　清晨，坐在自家小院子里，他对在木材加工厂干了一辈子的父亲慨叹：都怪自己没有社会背景，又拿不出太多的钱送礼。言外之意不是自己无能，而是没有某些世俗的"求职硬件"。

　　父亲摇头："当初你考大学，不是凭着自己的本事上去的吗？"

　　他争辩："那确实是平等竞争，可现在……"他列举了自己当初进教育厅的实例，告诉父亲："有很多时候，文凭、才学是抵不过关系、金钱的。若是还有过去的老关系，我不仅不会下岗，还可能得到提升呢。"

　　听到误入迷途的儿子似乎很有道理的狡辩之辞，父亲一脸严肃道：

"靠关系那算什么能耐？人活一世，关键是找到自己的位置。"说完，父亲不容分说地拉着他走出家门。

父子二人沿着坑坑洼洼的街道慢慢地朝前走着。忽然，父亲站定，用手指着一座旧房檐上的几棵青翠的榆树苗，问他："看到了吗？它们把根扎到了水泥缝里，长得也很精神，也许你要赞叹它们生命力顽强，但它们能长多久呢？"

没等他回答，父亲的手又指向不远处一棵明显要高大许多、但已完全枯萎的榆树，"你再看看这一棵，它也曾让很多人啧啧赞叹过，可现在已彻底地死掉了，因为它省略了泥土，屋檐上根本不是它扎根的地方，注定了它只能青翠一时，风光一时。"

父亲扔下正发怔的他，转身走了。他望着父亲阳光中挺直的背影，默默地咀嚼着父亲那掷地有声的话语，他的目光再次投向屋檐上那棵枯萎的榆树。蓦然，他的心中涌过一缕清爽的风，他豁然醒悟：父亲平淡的话语中透着深刻的哲理——即使生命力再顽强的一粒种子，也不能省略了泥土，只有把生命的根扎得更深、更牢，才能汲取更多的营养，才能长成长久葱郁的参天大树……

于是，他扔掉了所有的烦恼，重新捡起自己一度荒疏的专业，在一番仔细地思索和考察后，他充分发挥自己的专业特长，选择了极有市场前景的盆花栽培，并很快获得了巨大的成功。随着城镇美化速度的日趋加快，他的事业越做越大，拥有了跨省的大公司，有了二十多个大型花卉培育基地，优质产品飘洋过海，畅销欧美市场……

如今已是身家亿元的他，在一次高校毕业生报告会上，以自己的切身经历，告诉那些初涉人生的学子们：一定要找准自己的方向和自己的位置，一定要把生命之根扎到厚实的泥土中；省略了泥土，可能会生存一时，但绝不会让生命之树常青……

道理极其简单：每个人都有最能发挥自己优势的位置，那些大的成功者，很大程度上取决于他们善于审时度势，找到了最佳的努力方向，让自身的优势得到了充分的发挥。

心得便利贴

人生天地间，首先要稳住根基，找到正确的定位，这样才能扬长避短、趋利避害。如若目空一切、盲目自大，就会华而不实、徒增烦恼。因此，我们只有审时度势、适时而动，努力提高自身素质，时刻保持头脑清醒，才能获得长足的发展。

北大毕业等于零

王文良

那一天，美联集团中国公司的总经理，叫我给我的大区经理们说点什么。

我走上台，向台下的人问道："现在，我有一个问题，哪一位来回答我，你一天最多能进多少家馆子？"

有的说他一天进过三家，三餐都在馆子里吃；有的说他一天逛过十几家商店，主要是陪女朋友买衣服……他们以为我今天很高兴，想跟大家说一些轻松的话题，或者给大家来一点意外的轻松幽默。

"我一天进过87家馆子。"我的话引来一阵笑声。稍顷，我告诉大家："不过不是去吃饭，而是去推销我们的产品——顶好色拉油。

"我曾经发誓，这一辈子也不进餐馆！

"我想说，要发达则必须经过艰难曲折。这，就是我今天要给大家演讲的内容。

"你尝到过背着产品一边走一边睡着了的滋味吗？你尝到过在被连续拒绝了10次、20次以后，再一次微笑着踏进被拒绝的大门时那种巨大的压力吗？我曾经有过32次拒绝的失败记录！但当我满怀信心地开始第33次努力后，我成功了！"

"成功是什么？"我感慨地说，

"成功对于其他行业来说，也许只是在别人不愿努力时，你继续努力一把。但对于我们搞销售的人来说，则是在别人想都不愿意想的时候，你必须早早地爬起来用十倍百倍的努力去做！它给我们最大的痛苦，不是榨尽你所有的智力与体力，而是一次又一次地粉碎你的自尊，让你与那些你平日或许根本看不起的，在智力、学历上与你完全不一样的人站在同一起跑线上跑。你没有优势，但你必须取胜。我是北大89届毕业生，在这一点上，北大毕业等于零。"

我对大家说："今天，你们看到的是我当过三个跨国公司中国总监等职的潇洒。可是，潇洒的后面该洒下多少汗水甚至血泪？有人说，就凭你北大的牌子和高材生的聪明，根本不需要去受这般苦。我要说，我不清楚别的行业是否这样，我只知道，对搞销售的人来说，绝对不会存在任何的幸运！"

我那次讲话并不是全盘否定北大等一流学校给人的教育，相反，我认为我的成功离不开在北大受到的一流教育。但在社会这个大熔炉、大考场上，任何金字招牌、水晶招牌、钻石招牌都无济于事，如果没有从零干起的心态和发奋努力，北大毕业就真的等于零。

心得便利贴

归零心态并不是要破釜沉舟，而是要让自己从基础做起，磨掉锐气与傲气，踏实地去实现理想的目标。人生如白驹过隙，转瞬即逝，趁有限的青春发奋努力，才不会"白了少年头，空悲切"。

你的助跑线够长吗？

陈文杰

前天，和几位好友去市郊的野生动物园游览期间，几只在水面上时而追逐嬉闹时而徜徉自在的天鹅吸引着我们驻足观赏，没有绳网，没有束缚，这些天鹅为什么常年就待在这一方狭小的水域而不会飞走呢？

我们正好奇地争论着，一位饲养员走了过来，冲我们先是摇头一笑，接着饶有兴致地替我们解说起来。原来，在不破坏天鹅高贵优雅的观赏姿态和剥夺它飞翔习性之间，一个两全其美的办法便是尽量缩小水域的空间，因为天鹅在展翅高飞之前，必须有一段足够长的水面可供滑

翔，如果助跑线的长度过短，天鹅就难以施展它拥抱蓝天的理想了。久而久之，这群天鹅便会丧失飞翔的信念，甚至失去了飞翔的本能。

真是一语惊人！再望着眼前这一群扑翼争鸣只为了向游人乞食的天鹅，我不禁为之悲哀。

生命永远是值得期待的，因为它蕴含着无限的潜能。为了领略更为高远的人生风景，不断地超越自我，我们应该时常提醒自己——你的助跑线够长吗？

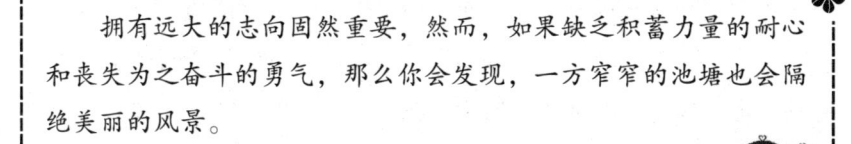

心得便利贴

拥有远大的志向固然重要，然而，如果缺乏积蓄力量的耐心和丧失为之奋斗的勇气，那么你会发现，一方窄窄的池塘也会隔绝美丽的风景。

别光盯着你的脚

崔修建

小时候,他家里实在太穷了,上中学之前,他穿的都是母亲一针一线做的布鞋,有时干脆打赤脚,从没有穿过一双买的鞋。尽管这样并没有影响他的学习成绩,但那一份无以言说的自卑,还是深深地印在他幼小的心灵上。特别是当他穿着带有破洞的布鞋去上学的路上,他总喜欢一个人走在前面或远远地落在后面,他怕别的同学笑话他。

小学毕业那年,学校要开运动会。母亲原本已说好要给他买一双运动鞋的,但妹妹突如其来的一场病,花掉了家中仅有的一点积蓄,也打碎了他连续好几天的兴奋。于是,他悄悄跟同学换了比赛项目,去了赛场一角的跳远场地,因为看跳远的观众少并且离观众较远,他可以脱掉那双难看的黑布鞋,光着脚往沙坑里跳。

但比赛进行到高潮时,班主任老师动员他去参加长跑比赛,因为他有希望帮助班级获得总分第一。他心里也很想为班级争光,可低头一瞅那双粘满泥巴的、灰突突的布鞋,他立刻脸红着拒绝了。老师看出了他的窘迫,想帮他借一双运动鞋,可身边一时也没找到一双合适的。

不知何时,父亲挤到了他身旁,不容商议地向他命令道:"快去跑吧,别光低头盯着你的脚,你的任务是拿第一。"

他不情愿地站到了起跑线前,目光掠过身旁那一双双运动鞋时,他的心里有一股说不出的滋味,眼泪都快要落下来了。然而,发令枪响过,他和选手们一踏上跑道,他脑子里就什么都不想了,他只一门心思地快跑、快跑、快跑,他的耳朵里已经灌满了响亮的加油声,他看到了老师和同学们一张张为他激动的脸,还看到了刚刚出院的妹妹也站在人群中拼命地冲他挥手加油。

骤然,仿佛有一股神奇的力量涌注全身,他脚下虎虎生风,很快便冲到了最前面,脚步稳健地带领大家向前奔跑。

"抬起头来,挺直胸膛,盯着前面跑。"父亲在场外大声地指挥他。

这时,他心里只想着拿"第一"了,脚步还在不断地加快,似乎有一种飞翔的感觉。他全神贯注地向前奔跑着,丝毫没有发觉一只鞋的脚尖处不知何时已裂了一个口子。

在众人的热烈欢呼声中,他第一个冲过了终点。这时,他右脚那只鞋张着一个大口子,像是在邀功似的呼嗒呼嗒地喘息着。而此时,他已完全被兴奋包围了,脸上已见不到一丝的难为情了。

"只要你的心里有目标,眼里也有目标,穿什么样的鞋,都不能妨碍你拿第一。赛跑是这样,学习和做事情也是这样。"父亲像个哲人似的教诲他。

就是那次比赛和父亲的一席话,让他深深地记住了一个道理:最重

要的是盯紧心中的目标，而不是自己的脚。

此后，彻底地抛掉了心头的自卑的他，以异乎寻常的刻苦，考上了县城的重点高中，后来又成为全村第一个考到北京读大学、留学美国的人。如今，他已是世界著名的铃木集团中国区副总裁。

他就是我的表哥张仲逊。在向我讲述上面这个真实的故事后，表哥真切地感慨道："虽然我现在脚上穿的都是价值上千元的国际名牌，但我始终没有忘记父亲的话：无论什么时候，都不能把目光仅仅停留到脚上，而应该投向无限的远方。只有不断地加速前行，才会率先抵达希望的终点。"

由此，我想到了一位肯尼亚中长跑世界冠军在接受记者采访时说的一句话："我的冠军是赤脚跑出来的，这没有什么值得奇怪的，因为我的眼睛总是瞄准第一。"是啊，当一个人锁定了追寻的目标，他只需坚定而执着地朝着选准的方向努力，至于他的脚穿什么样的鞋子并不重要，重要的是他始终在向前奔跑……

心得便利贴

前方的路漫长坎坷，免不了一路风雨、一路荆棘，但我们不能因此而停滞不前。朝着目标的方向，勇敢地走下去，你会惊喜地发现：走过了风雨，你便迎来了彩虹；走出了荆棘，你就闻到了花香。

把根扎深

李雪峰

两个人都在荒漠上种下了一片树苗。幼苗成活以后，其中一个人每隔三天就要挑水到荒漠中来，一棵棵地给他的那些树苗浇水。而另一个人就悠闲多了，树苗刚种下去的时候，他来浇过几次水，等到那些树苗成活以后，他就来得很少了。过了两年，两片胡杨树苗都长得有茶杯那么粗了。忽然有一夜，狂风从大漠深处嘶吼，卷着一柱柱的沙尘来了，滂沱大雨下了一夜。第二天风停的时候，人们到那片树林看，不禁十分惊讶。原来辛勤浇水的那个人种的树几乎全被暴风雨给刮倒了，有许多树几乎被连根拔起，而悠闲的不怎么浇水的那个人的林子，除了被风撕掉些树叶和折断一些树枝外，几乎没有一棵树被风吹倒或吹歪。大家都大感不解。那个人微微一笑道："那位朋友的树那么容易被毁，就是因为他浇水施肥太勤了。"人们更加迷惑不解。那个人顿了顿，叹了口气说："经常给它浇水施肥，它的根就不往泥土深处扎，只在地表浅处盘来盘去。而我之所以在树活后不怎么理睬它，是因为没有了水和

肥料供它吸收，它就不得不拼命地向下扎根，穿过沙土层，去吸取地底深处的水分和营养。有那么深的根，自然就不会被风刮倒。"

其实人跟树是一样的，对它太关照了，就培养了它的惰性。一棵草，一棵树，一个人，有怎样的生存环境，就能造就怎样的命运。由此，我终于明白：为什么许多伟人幼年困顿，却终有所成；而不少幼年幸福的人，却一生平庸。对我们来说，年少时的甘苦不可选择，我们却可以选择怎么对待自己。

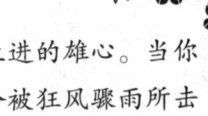

心得便利贴

艰难困苦可以磨炼我们的意志，激发我们上进的雄心。当你处于困境时，也要扎深生命的根，使它将来不会被狂风骤雨所击倒，并为未来的成功打下坚实的基础。

命运之上的风景

马 德

有一天读史铁生先生的《我与地坛》，文章中，他讲了朋友的一个故事。

他的朋友因出言不逊而遭遇人生的挫折，生活中样样待遇都不能与人平等，于是他便盼望能以长跑来获得人生的真正解放。第一年他在春节环城赛上跑了第十五名，他看见前十名的照片挂在了长安街的新闻橱窗里，于是有了信心。第二年他跑了第四名，可是新闻橱窗里只挂了前三名的照片，但他没灰心。第三年他跑了第七名，橱窗里挂了前六名的照片，他有点儿怨自己。第四年他跑了第三名，橱窗里却只挂了第一名的照片。第五年，他跑了第一名，可橱窗里只有一幅环城赛群众场面的照片，他几乎绝望了。

读到这里的时候，我去上课了，课堂上，我驰心旁骛，不断猜测着这个人的最后命运：是不是他最后真的悲苦地放弃了，而让自己沉沦了下去？或者他终于幸运地让自己上了一次橱窗，人生开始柳暗花明？或者，他放弃了长跑，选择了另一种让命运转折的方式？总之，一节课，我都揪心于他的命运，并作着种种离奇的猜测。

下课后，我迫不及待地读

了故事的结尾。结尾很简单，简单得超出了我所有的猜测："他以38岁的年龄最后一次参加环城赛，结果又得了第一名并破了纪录。有一位专业队的教练对他说，我要是十年前发现你就好了。朋友苦笑了一下什么也没说，只在傍晚的时候来园中（地坛）找到我，把这件事平静地向我叙说了一遍。"

"平静"，多么让人震撼的"平静"两个字啊。或许，这就是一个从命运的逆境中走过来的人呈现给生活的最美的姿态。

心得便利贴

世上真能做到"不以物喜，不以己悲"的人不多，而在饱受挫折的境遇中，仍能平静、淡定的人，就更少之又少了。平静——逆境中最震撼人心的人生姿态。

生活原本没有痛苦

马 德

法国纪录片《微观世界》中有这样一个场景：

一只屎壳郎推着一个粪球，在并不平坦的山路上爬着，路上有许许多多的沙砾和土块，然而，它推的速度并不慢。

在路正前方的不远处，一根植物的刺，尖尖的，斜长在路面上，根部粗大，顶端尖锐，格外显眼。也许是冥冥之中的安排，屎壳郎偏偏奔这个方向来了，它推的那个粪球，一下子扎在了这根"巨刺"上。

然而，屎壳郎似乎并没有发现自己已经陷入困境。它正着推了一会儿，不见动静，又倒着往前顶，还是不见效。它还推走了周边的土块，试图从侧面使劲——该想的办法它都想到了，但粪球依旧深深地扎在那根刺上，没有任何出来的迹象。

我不禁为它的锲而不舍感到好笑，因为对于这样一只卑小而智力低微的动物来说，实在是不能解决好这么大的一个"难题"。就在我暗自

嘲笑它，并等着看它失败之后如何沮丧地离去时，它突然绕到了粪球的另一面，只轻轻一顶，咕噜——顽固的粪球便从那根刺上"脱身"出来。

它赢了。

没有胜利之后的欢呼，也没有冲出困境后的长吁短叹。赢了之后的屎壳郎，就像刚才什么也没有发生过一样，它几乎没有作任何停留，就推着粪球急匆匆地向前去了。只留下我这样的观众，在这个场景面前痴痴发呆。

也许在生活的道路上，它已经习惯了这样的场景；也许它活着，根本不需要像人一样，需要许许多多的"智慧"；也许在它的生命概念中，根本就不懂得输赢，推得过去，是生活，推不过去，也一样是生活。

由此想来，也许生活原本就没有痛苦。人比动物多的，只是计较得失的智慧，以及感受痛苦的智慧。

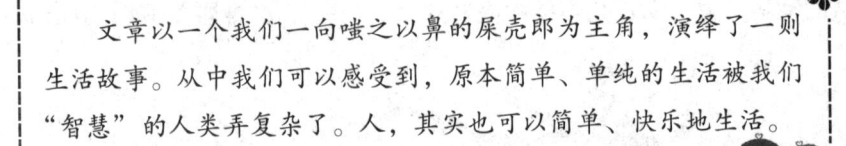

心得便利贴

文章以一个我们一向嗤之以鼻的屎壳郎为主角，演绎了一则生活故事。从中我们可以感受到，原本简单、单纯的生活被我们"智慧"的人类弄复杂了。人，其实也可以简单、快乐地生活。

卡罗尔的天才

[美] 罗伯特·舒勒

当得知车祸使卡罗尔的身体受创、变形这个噩耗时，正在归国途中的我，一直在拼命思索应该怎样安慰卡罗尔。然而，卡罗尔一见我就说："爸爸，我知道为什么这件事会发生，因为上帝想让我去帮助那些受伤的人。"

7个月后，卡罗尔以残疾人的身份再次回到学校，她甚至要求重新回到垒球场上。卡罗尔曾是我们家中的运动健将，她双腿健康时拍的最后一张相片，就是穿着垒球服照的。那阵子，卡罗尔的膝盖以下安装了假肢，只能屈膝30度。但我仍然带着卡罗尔去学校报名重新参加垒球队。

当我们报完名回家时，我向紧紧抱着球衣不放的卡罗尔说："卡罗尔，你的腿已经不能跑步，你怎么可以打垒球呢？"卡罗尔笑着对我说："爸爸，我早就想清楚了，只要我能做全垒打，我就不需要跑！"

那个赛季卡罗尔不知打了多少次全垒打，她也就名正言顺地留在了球队里。在学校她还学会了滑雪，甚至参加了美国滑雪冠军大赛。

那年夏天，我们有幸成为美国夏威夷轮船公司的嘉宾，前往夏威夷群岛游玩了一星期。那次航程实在美妙至极。在船上的最后一晚，有一个公开的天才表演，卡罗尔当时17岁，她告诉我们说："我要参加今天晚上的天才表演。"

卡罗尔的歌喉并不好，她也不能跳舞，所以我很奇怪她会表演些什么。那个星期五的晚上，我和妻子与600位来宾，在酒吧内观看当晚的天才表演，而表演者都要站在舞台当中表演。你大概可以想象得到，那都是一些司空见惯的业余天才表演。

终于轮到卡罗尔上台了。

卡罗尔并没有穿短裤或夏威夷裙，她穿的是一条长裙。她美极了。来到麦克风前，她说："我实在不知道自己有什么天赋，但我觉得这是一个向你们作一个解释的好机会。我知道一个星期以来，你们都在观察我，留意着我的假肢，所以我觉得有责任向你们讲述事情的真相：我遇到了一场车祸，差点死掉了，但在紧急抢救下，我的心跳又恢复过来。他们截去了我的小腿和膝盖。我在医院里躺了7个月，接受静脉抗生素注射以对抗感染。"

她顿了一下，又继续说："如果我有一项天赋，那就是——在此期间，我的信念变得异常真实。"

突然间，整个酒吧里鸦雀无声，女服务员不再递送饮料，每个人的眼睛都集中在这个17岁的金发少女身上。

她说："我看见你们这些不用瘸着腿走路的女孩子，心里实在羡慕不已。但我知道，我是不能再这样走路了。我学会了一个道理，希望你们也能明白——你怎样走路并不重要，重要的是谁与你同行。"

她顿了一顿，又说："我想为大家唱一首关于我朋友的歌。"她开始唱——

他与我同行，
又与我共语，
对我说我属于他……

心得便利贴

"你怎样走路并不重要，重要的是谁与你同行。"很有哲理的一句话。在布满荆棘、险滩的道路上，有信念与你为伴，有爱为你擦亮眼睛，这就足够了。

幸福的线头

亦　夫

记得陈丹燕在《上海的金枝玉叶》里写到一位富家小姐，上海永安公司老板的千金——真正的金枝玉叶，从小锦衣玉食，奴仆成群，解放后，她还留在国内，但已经沦落到了下乡挖鱼塘清粪桶的地步。多年过去，物是人非，什么都改变了，包括她的那双手。但是，她竟然还要喝下午茶。家里一贫如洗，烘焙蛋糕的电烤炉早已不见了踪影。怎么办？她自己动手，用仅有的一只铝锅，在煤炉上蒸蒸烤烤，在没有温度控制的条件下，巧手烘烤出西式蛋糕。就这样，悠悠几十年，她雷打不动地喝着下午茶，吃着自制蛋糕，怡然自得，浑然忘记身处逆境，悄悄地享受着残余的幸福。

有一次，她带着女儿到北京，探望同自己一样出身世家的同窗好友，她们都是在中西女子学校学会喝下午茶的。同窗好友告诉她，没有吐司炉，也可以吃上吐司，说着说着，就表演了一门绝技：把面包切片，在蜂窝煤炉上架上条条铁丝，再把面包片放在上面，两面烘烤，不一会儿，便做出片片香喷喷的面包吐司。吃着面包吐司的时候，大家都没有多说什么。因为彼此都明白，今后可能会有更艰难

的生活等着她们。即使艰难又如何？她们懂得用铝锅蒸烤出西式蛋糕，用煤炉烘焙出香喷喷的吐司，有这样的韧性和耐力，还有扛不住的苦难吗？果然，历尽沧桑之后，这位金枝玉叶依然温文娴静，如沐春风。

世上有一种坚强表现在生活习惯里，顺境逆境，泰然地坚守一种生活方式，像这位富家小姐。哪怕幸福只露出了一根线头，她也有本事将它拽出来，织成一件暖身的毛衣。

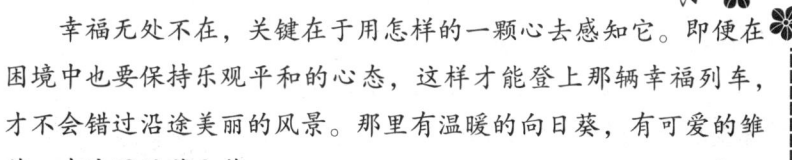

心得便利贴

幸福无处不在，关键在于用怎样的一颗心去感知它。即便在困境中也要保持乐观平和的心态，这样才能登上那辆幸福列车，才不会错过沿途美丽的风景。那里有温暖的向日葵，有可爱的雏菊，有浪漫的薰衣草……

不一样的豆芽菜

代克仁

有个年轻人，进入大学后由于学校和专业都不理想，他索性不再努力，经常逃课、喝酒、泡网吧，任由自己一天天地消沉下去。

偶尔去上课，也是无精打采，心不在焉。教授见状，提醒他："年轻人，要打起精神哟！"

"要精神有何用，将来还不是一样就业难，难就业！"年轻人脱口而出。

教授眉头紧蹙，沉思片刻，说："下课后，你且随我来。"

那天下课后，他惴惴不安地跟着教授过大街穿小巷，来到一个熙熙攘攘的菜市场。他满脸疑惑地看着教授。教授不理会他，一直往里走，终于在一家卖豆芽菜的摊位前停下，示意他仔细观看这家豆芽菜的品质。

他有些不解，不知教授葫芦里卖的什么药。但他还是仔细地看了，发现这家的豆芽菜又细又长，还带根须，摊前顾客寥寥。接着教授把他带到另一家卖豆芽菜的摊位前，又示意他看豆芽菜的品质。相较之下，他发现这家的豆芽菜短壮鲜嫩，且无根须，购买者众多。

教授问他:"何故会有如此差异?"

"无外乎设备、生产工艺高人一筹而已。"他不屑一顾地答道。

教授摇摇头,又带他去参观了这两家生产豆芽菜的作坊。他惊奇地发现,这两家的生产设备、选料、营养配方竟然一模一样。

为何他们生产出的豆芽菜会有天壤之别呢?他百思不得其解。

教授呵呵地笑了,说:"难道你没有注意到第二家在豆芽菜生长器上另外压了一块石头吗?"

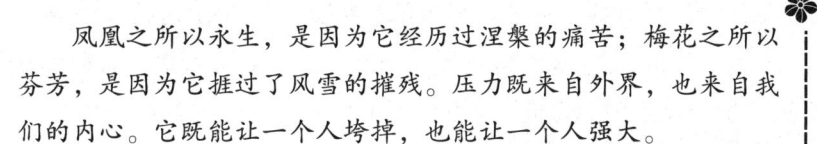

心得便利贴

凤凰之所以永生,是因为它经历过涅槃的痛苦;梅花之所以芬芳,是因为它捱过了风雪的摧残。压力既来自外界,也来自我们的内心。它既能让一个人垮掉,也能让一个人强大。

一代硬汉海明威

宋毅 田杰

在1899年7月21日,欧内斯特·海明威出生在世界五大湖之一的密执安湖南岸,一个叫橡树园的小镇。

家里一共有6个孩子,海明威是第二个。母亲很有修养,热爱音乐。父亲是一位杰出的医生,又是个钓鱼和打猎的能手。海明威3岁时,父亲给他的生日礼物是一根鱼竿;10岁时,父亲送给他一支一人高的猎枪。父亲的影响使海明威终生充满了对捕鱼和狩猎的热爱。海明威29岁时,父亲因为患糖尿病和经济困难,用手枪自杀了。

14岁时,海明威在父亲支持下报名学习拳击。第一次训练,他的对手是个职业拳击手,海明威被打得满脸鲜血,躺倒在地。可是第二天,海明威裹着纱布还是来了,并且纵身跳上了拳击场。20个月之后,海明威在一次训练中被击中头部,伤了左眼。这只眼睛的视力再也没有恢复。

中学毕业以后,海明威不愿意上大学,渴望赴欧参战。因为视力的缘故未被批准。他离家来到堪萨斯城,在《堪萨斯明星报》做了见习记者。

1918年5月,海明威如愿

以偿地加入了美国红十字战地服务队，来到第一次世界大战的意大利战场。7月初的一天夜里，海明威的头部、胸部、上肢、下肢都被炸成重伤，人们把他送进野战医院。海明威的一个膝盖被打碎了，身上中的炮弹片和机枪弹头多达230余块。他一共做了13次手术，换上了一块白金做的膝盖骨。有些弹片没有取出来，到死都留在体内。他在医院里躺了三个多月，得到了意大利政府颁发的两枚勋章，这时他刚满19岁。

大战后海明威回到美国，战争除了给他的精神和身体带来痛苦外，没有带来任何值得高兴的事。旧的希望破灭了，新的理想又没有建立，他前途渺茫，思想空虚。

尽管这样，海明威依旧勤奋写作。1919年夏秋，他写了12个短篇作品，寄给报社又被全部退回。母亲警告他：要么找个固定的工作，要么搬出去。海明威从家里搬了出去，因为什么也改变不了他献身于文学事业的决心。他只想做第一流的、最出色的作家。

1920年的整个冬天，他独自坐在打字机前，一天到晚写作。有一次参加朋友们的聚会，海明威结识了一位叫哈德莉的红发女郎。她比海明威大8岁，她成了海明威的第一任妻子。这时海明威22岁。

1922年冬天，他赴洛桑参加和平会议时，哈德莉在火车站把他的手提箱丢失了。手提箱里装着他的全部手稿，1个长篇、18个短篇和30首诗。这使海明威痛苦万分又毫无办法，只能重新开始。

1936年7月西班牙内战爆发。海明威借款4万美元为忠于共和国的部队买救护车。为了还清债务，他作为北美报业联盟的记者到西班牙采访，并拿起武器参加了战斗。西班牙内战以共和军失败而告结束，这让海明威十分难受，他写了他一生中唯一的剧本《第五纵队》，歌颂献身于正义事业的人们。

海明威始终态度鲜明地反对法西斯主义。日本偷袭珍珠港，美国对日宣战的当天，海明威就参加了海军。他以自己独特的方式参战。他改装了自己的游艇，配备了电台、机枪和几百磅炸药。他的行动计划是，在古巴北部海面搜索德国潜艇。如果发现潜艇，就全速前进，撞击敌船，与之同归于尽。这项计划不但得到了美国驻古巴大使布接顿的批准，而且得到了美国情报参谋部的赞同。海明威指挥船员在海上追踪德国潜艇近两年，始终没有找到相撞的机会。

1944年3月，他与第四任、也是最后一个妻子玛丽结婚。玛丽是位记者，她陪伴海明威走完他生命的最后15年。她的到来使海明威的生活充满了从未享受过的天伦之乐和人间温暖。1944年6月，海明威随美军在法国诺曼底登陆。他自己率领一支法国游击队深入敌占区侦察，不断地向作战指挥部提供大量珍贵情报，因此而获得一枚铜质勋章。

20世纪50年代初，海明威发表了他最优秀的作品《老人与海》。这是世界文学宝库中的珍品，是他全部创作中的瑰宝。不久，他因此而获得了普利策奖。

海明威怀念非洲和狩猎生活。1954年1月，他又和妻子去非洲打猎。他们乘坐的小型飞机在尼罗河源头附近不幸坠落，两人都受了伤。人们都认为海明威夫妇遇难了。但55岁的海明威并不在意，他们又换乘飞机飞往乌干达首都。飞机只飞了片刻便一头栽到一个种植园里。几秒钟后飞机爆炸，引起大火。海明威拉着玛丽从飞机的残骸和火焰中爬了出来。

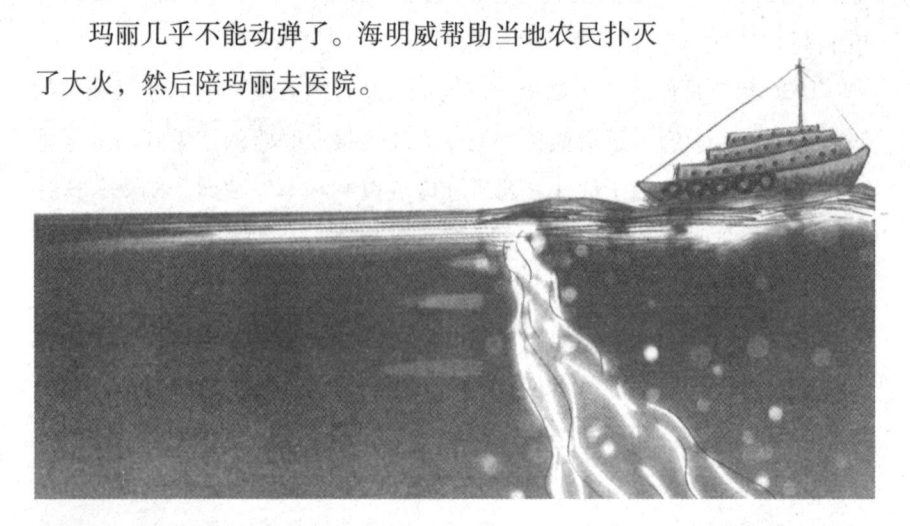

玛丽几乎不能动弹了。海明威帮助当地农民扑灭了大火，然后陪玛丽去医院。

玛丽的伤并不重，只是断了两根肋骨。伤势严重的是海明威自己。病历卡上写着长长的一串病名：关节粘连、肾挫伤、肝损伤、脑震荡、二度和三度烧伤、肠道机能紊乱……荣获诺贝尔奖之后的几年，他没有发表过重要作品。他的健康每况愈下，写作时越来越吃力。他的高血压症、糖尿病、铁质代谢紊乱、皮肤癌、精神抑郁症等一大串疾病，使他完全丧失了工作能力。1961 年 7 月 2 日清晨，这位身高 1.83 米，体重 100 千克的巨人，把心爱的双筒猎枪放进嘴里，扣动了扳机。

海明威死了，但他塑造的硬汉形象永远活着。

心得便利贴

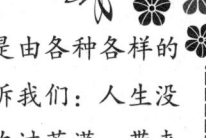

海明威的一生充满了磨难，似乎他的人生就是由各种各样的困境组成的，但他用坚强的毅力与执着的信念告诉我们：人生没有绝境，再冷的严寒也终究会被阳光温暖，当风吹过荒漠，带来的必将是春暖花开。

苏秦刺股

李 践

苏秦自幼家境贫寒、温饱难继,读书自然是很奢侈的事。为了维持生计和读书,他不得不时常帮别人打短工,后又离乡背井到齐国拜师求学,跟鬼谷子学纵横之术。

苏秦自恃学业有成时,便迫不及待地告别师友,游历天下,以谋求功名利禄。一年后他不仅一无所获,自己的盘缠也用完了,没办法再撑下去,于是他穿着破衣草鞋踏上了回家的路。

到家时,苏秦已骨瘦如柴,全身肮脏不堪,满脸尘土,与乞丐无异。其落魄景象溢于言表,令人同情。

妻子见他这个样子,摇头叹息,继续织布;嫂子见他这副样子,扭头就走,不愿做饭;父母、兄弟、妹妹不但不理他,还暗自讥笑他说:"按我们周人的传统,他应该安守自己的产业,学习做生意,以赚取1/5的利润;现在却好,他放弃这种最根本的事业,去卖弄口舌,落得如此下场,真是活该!"

此情此景令苏秦无地自容,他关起房门,不愿意见人,对自己作了深刻的反省:"妻子不理丈夫,嫂子不认小叔子,父母不认儿子,都是因为我不争气,学业未成而急于求成啊!"

他认识到了自己的不足,重振精神,搬出所有的书籍,又开始发奋读书,他想到:"一个读书人,既然已经决心埋首读书,却不能凭这些学问来取得尊贵的地位,那么书读得再多,又有什么用呢?"

于是,他从这些书中挑出一本《阴符经》,用心钻研。

他每天研读至深夜,有时候不知不觉伏在书案上就睡着了。第二天醒来,他懊悔不已,痛骂自己无用,但又没有什么办法不让自己睡着。有一天,他读着读着实在困倦难当,不由自主地扑倒在书案上,但他猛然惊醒——手臂被什么东西刺了一下,一看是书案上放着的一把锥子,他马上想出了制止自己打瞌睡的办法——锥刺股(大腿)。以后每当要打瞌睡时,他就用锥子扎自己的大腿一下,让自己猛然"痛醒",以保持苦读状态。他的大腿因此常常是鲜血淋淋,惨不忍睹。

家人见状,心有不忍,劝他说:"你一定要成功的决心和心情可以理解,但不一定非要这样自虐啊!"

苏秦回答说:"不这样,就会忘记过去的耻辱;唯有如此,才能催我苦读!"

经过"血淋淋"的一年"痛"读,苏秦很有心得,写出《揣》《摩》二篇。这时,他充满自信地说:"用这套理论和方法,可以说服许多国君了!"

于是苏秦开始用平生所习得的学识和"锥刺股"的精神意志,游说六国,终获器重,挂六国相印,声名显赫,开始了自己辉煌的政治生涯。

心得便利贴

妻子的冷漠令人心寒,家人的讥讽令人悲哀。也许正是这世态炎凉让苏秦下苦心、立壮志。在忍受了无边的寂寞之后,在经受了刺股的痛苦之后,他终于充满自信地走上了政治舞台。

敲门的勇气

蒋忠平

你站在门外,为找人?为推销?为求职?面对那扇或斑驳、或寻常、或精致、或霸气的陌生的门,你的感觉很复杂,手一直不敢抬起来,不知道敲过门之后会发生什么。你站在门外设想着几种结果:

其一:被拒之门外,根本没有踏入里面的可能;

其二:进去之后,先是被排斥,继而被一股强大而冷漠的力量推出来,一无所获;

其三:被微笑着请进去后,觉得门里的世界并没有门外的世界精彩,便自觉地走出了门;

其四:从踏入这扇门开始,你便处于最佳的人生状态。你已经站在成功的位置上,找到了生命的全部:爱情、事业……

可是,你始终拿不出敲门的勇气,在观望和徘徊中,品尝不到成功,体味不到失败。你害怕被拒绝,害怕进门后一无所获,害怕陷入新的危机和困境。终于,你放弃了敲门的欲望,甘愿让生命的锐气在时光的河流中被洗刷、被磨损。

另一个人走了过来,敲了一下这

扇门,他失败了,却获取了很多通向成功的经验。

又一个人走了过来,敲开了这扇门,他走出来后,乐观地摊开双手:"我还是适合搞我的老本行。"

第四个人走了过来,敲开了这扇门,他成功了,因为他有出色的才华,有不可抗拒的人格魅力。可他却将自己的成功归结为鼓足勇气敲开了那扇紧闭的门。

生活之门,在开启之前,成功抑或失败都无从断定,当它对你关闭着的时候,你寻求成功的第一步就是:必须具备敲门的勇气。

心得便利贴

具备敲门的勇气,意味着你已经迈出了成功的一小步,至少你战胜了自己的恐惧、犹豫、彷徨。人生的成功与失败往往就取决于你作出选择的一瞬。相信自己,勇敢地开启成功之门吧!

寻觅那一线生机

孙国彦

故事发生在第二次世界大战中。

一架美军飞机由于机械故障迫降在太平洋上,机上三名飞行员乘坐一艘充气的救生筏逃生。

在经历了死里逃生的短暂兴奋后,他们陷入了新的困境中。他们随身携带的食物和水最多只能支撑三天,更要命的是,他们没有指南针,没有地图,谁都知道,这在漫无边际的太平洋上意味着什么。

有限的食物和水很快用完了,求生的本能迫使他们想出各种办法应对所面临的威胁:没有食物,他们钓鱼充饥;没有水,就收集雨水解渴。就这样,靠着这种最原始的生存方式苦撑着,他们在海上漂流了一个多月。然而,时间一天天过去,他们面前依然是无边无际的海水,获救的希望越来越渺茫。

这时,两名飞行员奇怪地发现一名同伴在用手指蘸着海水品尝,并

且每隔一段时间就尝上一两口。"可怜的埃里克，如果你实在渴得受不了的话，这里还有一点水。"一个同伴有气无力地说。

埃里克淡淡一笑说："不，我在试着寻找生机。"

又是几天过去，奇迹还是没出现。无边的海水无情地吞噬着他们求生的信念，把他们折磨得越来越虚弱。两个同伴对获救已不抱任何幻想，他们显得很平静，慢慢地等待着死神的降临，只有埃里克还在倔犟地重复着那件似乎毫无意义的事。

一天，在尝了海水之后，埃里克忽然兴奋地大叫起来："我们有救了，我们快到陆地了。"

"埃里克，你是不是在说梦话！""不，他已经疯掉了！"两个同伴同情地看着他。

"不不，我没疯，我很清醒。"埃里克激动地说，"从昨天开始，我发现海水的味道没有以往那样咸了，现在这里的咸味更淡了，这是河水把它冲淡的缘故。伙计们，我们有救了，附近就是陆地！"

终于，一路尝着海水，他们在第三天到达了大河的入海口。凭着埃里克不屈的抗争，他们得救了。

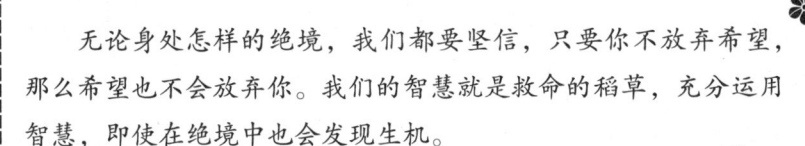

心得便利贴

无论身处怎样的绝境，我们都要坚信，只要你不放弃希望，那么希望也不会放弃你。我们的智慧就是救命的稻草，充分运用智慧，即使在绝境中也会发现生机。

第三章 Chapter 3

离成功不远了

愿一切生命都敢于去寻求最艰苦的环境。生命正是要在最困厄的境遇中，才能发现自己、认识自己，从而才能锤炼自己、彰显自己，最后完成自己、升华自己。

从芒刺中寻找灵感

喁偶水

不知你是否有过这样的经历,从野外归来后,裤子上、衣服上沾附着许多芒刺。也许,你要费上一番功夫才能将其拔除干净。为此,你可能会抱怨,也可能熟视无睹、无动于衷。不过,你很难想到,一个青年,通过这种偶然的现象,发明了一种产品,并从中获得了巨大的财富。

这位青年叫麦斯楚,是瑞士的一位工程师。1984年的一天,他从外面散步回家,发现夹克上沾附着许多芒刺,他好奇地拔下一些放在显微镜下观看,发现芒刺会沾在衣服上的原理很简单:芒刺本身就像一排钩子互相连接在一起,只要碰上布料就会紧紧地钩附在上面。

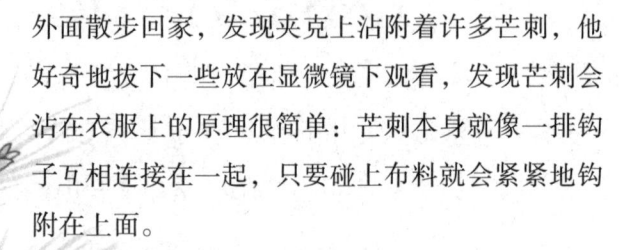

这个发现触动了麦斯楚的灵感,他想到用芒刺的构造制作出新式按扣。

麦斯楚整整花费了8年时间不断地研究改进,终于成功了。他将尼龙织成两排,一排是无数的小钩钩,另一排则是许多小环孔,当两排按压在一起时,就能够紧紧地卡在一起了。

麦斯楚将这种产品命名为"VELCRO",也就是今天大家所熟悉的魔鬼贴。

魔鬼贴有质轻、耐用、方便拉开、可以清洗等许多优点,又不像拉链容易卡住衣服,所以推出之后马上受到世人的欢迎,并逐步多样化地运用在人类生活中。麦斯楚也由此改变了自己的命运,得到了巨额的财富回报。

麦斯楚之所以能够成功,在于他无论处于何种境遇之下,始终保持一颗善于发现、善于感知和创造的心,始终对身边的事物充满着兴趣和探索的精神。确实,生活之中,常常会有许多看似不如意、不完美的事物或现象,可如果你换一种心态,也可能发现万事万物都有着美好的一面,都有着值得探寻的神奇的秘密。如果让自己陷于无奈与抱怨中,那么,伴随自己的,也只能是苦闷和不幸了。

真的,世界不乏美好,关键在于我们要具备一双明亮的眼睛和一个勤于思索的大脑!

心得便利贴

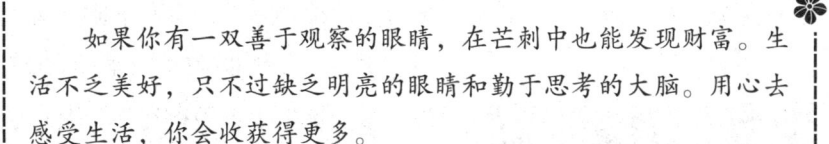

如果你有一双善于观察的眼睛,在芒刺中也能发现财富。生活不乏美好,只不过缺乏明亮的眼睛和勤于思考的大脑。用心去感受生活,你会收获得更多。

快乐是成功的开始

李志东

"八佰伴"集团是日本一家从事零售业的公司,在总裁和田一夫的苦心经营下,它从小到大,不断发展,成为全国最大的零售集团。可是市场无情,竞争激烈,他在72岁时遭受到严重的挫折,事业跌入谷底。看到和田一夫这位闻名遐迩的世界级企业家一夜之间从事业的顶峰掉入苦难的深渊,人们议论纷纷。有的认为他元气大伤,肯定是穷困潦倒,了此一生。有的甚至猜想,面对命运如此之大的反差,他一定会用自杀来结束自己的生命。

然而,事实使大家出乎意料。和田一夫并没有从此一蹶不振而沉沦下去,更没有自寻短见上吊自杀,而是坚强地站了起来,重新开始自己的征程。他很快调整好心态,与几个年轻人携手合作,开办了一家网络咨询公司,向自己陌生的IT产业发起了新的挑战。虽然和田一夫在这个领域完全是一个新手,知之甚少,可是他虚心好学,不耻下问,运用过去经营零售业时积累起来的经验,没过多久就把生意做得红红火火。

当别人问和田一夫为何能够反败为胜,东山再起时,这位优秀的管理者说,是快乐的心情和积极的心态使他在失败时没有失去奋斗的希望,让他在事业的低潮和人生的重创面前,看到光明的前途。的确,与快乐同行

是和田一夫制胜的法宝。

早在涉足商场之初，和田一夫就开始培养一种良好的习惯：督促自己每天坚持写一篇"光明日记"，里面记录的全是快乐的事情。后来在担任"八佰伴"集团总裁期间，他把每个月末召开的工作例会取名为"快乐例会"。在具体检查和布置工作之前，要求各部门的负责人用三分钟的时间向大家汇报一下本月以来最快乐的事情。每一次，和田一夫总是带头发言。这种别具一格的工作例会调整了与会者的心情，在调动积极性方面发挥了很好的作用。

在商场的长期拼搏奋斗中，和田一夫悟出了这样一个道理：生活是一面镜子，你对它笑，它就对你笑，你对它哭，它就对你哭。

境由心造，对同一种遭遇，各人的心境各不相同。作为管理者，当然也不例外。在企业陷于困境或出现危机时，情绪悲观的人眼里出现的必定是沮丧和绝望——"山重水复疑无路"；而情绪乐观者看到的，却是险峰上的无限风光——"柳暗花明又一村"。

生活中其实有许多成功的机会在等待我们去把握和创造，有时候，需要的只是一点点创新的勇气。如果我们左冲右突难以突围，那么何不尝试一下另外的途径呢？

心得便利贴

能在工作中汲取快乐的人是幸福的；能在快乐中获得成功的人是智慧的；既幸福又智慧的人是伟大的。做一个伟大的人，为了能够获得幸福和智慧，就要有勇气让生活变得轻松起来。

不怕埋没

包利民

在这个世界上,即使你有通天彻地之能,也不能一下子就找到用武之地,成就都是从微小的成绩开始的,等闲平地起波澜的事太少,所以不要寄希望于侥幸,一切要靠自己的努力。而太多的人,即便有真才实学,但在不被承认的时候,往往放弃了努力,或甘于随波逐流,或自暴自弃、怨天尤人;而有的人则以另一种行动给我们以昭示:做人要不怕被埋没!

19世纪,奥地利一位默默无闻的神父、修道院院长孟德尔,出于对植物学的爱好,倾尽毕生精力去钻研,终于发现了具有划时代意义的遗传学基本定律。当他满怀希望地将研究论文寄给当时著名的植物学家内格里时,却被当头泼了一盆冷水。内格里认为孟德尔充其量不过是一位业余的植物爱好者,数数豌豆不会对揭示科学真理有什么帮助,便把他的论文束之高阁。

没有得到肯定的孟德尔并没有因此而放弃,他继续去数他的豌豆,不停地记笔记,直到去世。在孟德尔去世19年之后,有三位生物学家通过各自独立的研究,不约而同地得出了相同的结论,经查阅历史资料才知,早在34年前,孟德尔就已发现了这些规律。从此,孟德尔定律成为现代遗传学的奠基石。

30年的漫漫光阴啊,孟德尔还是被人承认了,虽然斯人已逝,可历史会永远记住这个名字。也许我们无法做到孟德尔的心无波澜,但我们却可以在自己的生活中积蓄出土的力量,因为人心就是一粒种子,只要种子还活着，就不怕被泥土所埋没。

我们可以看到，有太多的人麻木得只知道整日奔波劳碌，甚至连抬头看一眼蓝天白云的时间和兴致都没有，他们已被生活的沉重所埋没，而且越埋越深。最初的热情早已消磨殆尽，剩下的只是习惯了，为生而活，拼命赚钱攒钱，那也许是生存的正道，却是生命的歧途。最可悲的不是被埋没多深多久，而是甘心被埋没，并成为一种习惯。其实只要保持一颗向上的心，总会从生活的桎梏中解脱出来。

有些刚踏入社会的大学生，由于心中的热情还不曾消退，一度豪情难抑，可在求职中屡屡碰壁之后，便开始慨叹"世情薄，人情恶"了。其实生活对任何人都是平等的，有时你的坎坷不断，那只不过是生活在磨砺你的心志。在一些用人单位，往往把刚招聘来的人才放在最底层的位置上，一段时间过后，有的人怨天尤人甚至愤然请辞，而有的人依旧

热情高涨一步一个脚印。后一种人会很快得到提升。也许他们的水平相去不远,但他们处世的能力和对待挫折的心态却有着天壤之别。

在日复一日的平淡生活中,你是否常常反省自己?你的心是否已失去激情,你是否也在随波逐流?心中的梦想是否由淡趋无?如果是这样,就请你重新把自己的人生坐标调整一下吧!我们该向上,不该向一旁或向下,因为只有向上才不怕被埋没!

别放弃努力,有了真正的学识就不怕被世俗埋没,而最重要的是,我们应永远保持一颗充满热情的心,那样就不怕被平凡生活所埋没!

心得便利贴

奋斗的道路并不总是一帆风顺,任何成功的开始都是由点滴做起。放低自己,是一种人生态度。不怕被埋没,脚踏实地,今天的放低,是为了明天飞得更高。

珍爱光明

[美] 海伦·凯勒

有些时候，我不说话，脑袋里却在思考：倘若每一个人在他的青少年时期都经历一段瞎子与聋子的生活，那该是多么美妙的事啊！黑暗将使他更加珍惜光明，寂静将使他更加喜爱声音。

我经常询问我那些身体毫无残疾的朋友，问他们看到了什么。有一天，我的一位好友来看我，她说她刚才在森林里散步，突然想来看我，我问她都看到了些什么，她回答说："一切都是老样子。"如果我不是习惯听这样的回答，那我一定会对它表示怀疑，因为我早就知道，那些美好的东西眼睛是看不到的。

我常自言自语：在森林里走了一个多小时，却没有发现什么值得注意的东西，这怎么可能呢？因为我这个瞎了眼睛的人，仅仅靠触觉就能

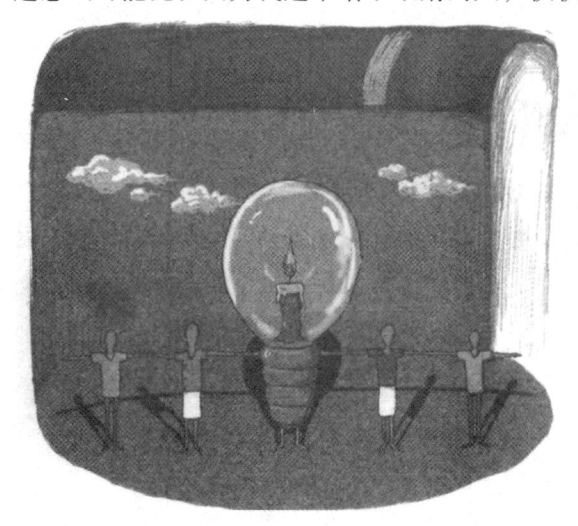

发现许许多多有趣的东西。我清楚地感受着匀称的嫩叶，我爱抚地用手摸着白柳树光滑的外皮，或是松树粗糙的表皮。春天，我摸索着找寻树枝上的芽苞，找寻着大自然冬眠后醒来的第一个标志。奇特卷曲的光滑花瓣在我手中散发着清香。我在大自然的怀抱里感受着千奇百怪的事物。偶尔，如果幸运的话，我把手轻轻地放在一棵小树上，就能感觉到小鸟放声歌唱时的欢蹦乱跳。我喜欢让清凉的泉水从张开的指间流过。对于我来说，能走在轻软的草地上或芬芳的落叶铺成的道路上，比走在豪华的波斯地毯上更幸福。四季的变换就像一幕幕令人激动的、无休无止的戏剧，它们的行动从我的指间流过。

　　有时，我在内心里呼唤着，请求给我一双明亮的眼睛吧，仅仅摸一摸就给了我如此巨大的欢乐，如果要能看到，那该是多么令人高兴啊！然而，那些有视力的人却麻木地感受着世界，他们把充满绚丽多彩的景色和千姿百态的表演都认为是理所当然的。人类就是这个毛病，对已有的东西往往一点都不珍惜，却去向往那些自己所没有的东西，这是非常可惜的，在光明的世界里，将视力的天赋只看作是为了方便，而不看作是充实生活的手段。

心得便利贴

　　珍惜上天赐予我们的视力、听觉及一切感觉吧，用它们去感受生活中的美好，让心灵自由飞翔。我们应该珍惜现在拥有的一切，不要等到失去后才追悔莫及。享受每一天，我们会生活在快乐中。

石缝间的生命

林 希

石缝间倔犟的生命，常使我感动得潸然泪下。

是那不定的风把无人采撷的种子撒落海角天涯吧。尽管它们也能从阳光中分享到温暖，从雨水里得到滋润，但唯有那一切生命赖以生存的土壤却要自己去寻找。它们面对着的现实该是多么严峻啊！

于是，大自然出现了惊人的奇迹，不毛的石缝间丛生出了倔犟的生命。

或者，只是一簇一簇无名的野草，春绿秋黄，岁风枯荣。它们没有办法生长宽阔的叶子，因为寻找不到足够的营养，它们有的只是三两片长长的细瘦薄叶，细微的叶脉诉说着生存是多么艰难；甚至，它们竟在一簇簇细瘦的叶下长出根须，很少向母体吮吸点乳汁，然后自去寻找那不易被觉察到的石缝。

这就是生命。

生命的本能是多么尊贵，生命有权辉煌壮丽，生机竟是这样的不可抑制。

或者，就是一团团小小的山花，石缝间的蒲公英因山风的凶狂而不能长出高高的躯干，因山石的贫瘠而不能拥有众多的叶片，它们的茎显得坚韧而苍老，叶因枯萎而失去光泽，只有根竟似强固的筋条，仿佛柔中带刚的藤蔓，深埋在石缝狭隘的间隙里，默默成为攀登者可靠的抓绳。

生命就是这样被环境限制着，又被环境改变着，适者生存的规律尽

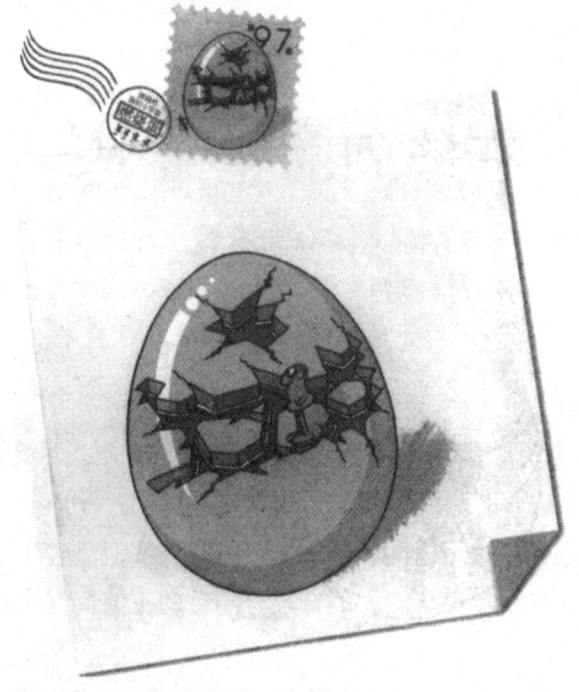

管无情，但生命原本就是拼搏。

而最令人赞叹的是，石缝间还生长着参天的松柏，雄伟苍劲，巍峨挺拔。

它们使高山有了灵气，一切生命在它们面前都显得苍白逊色。它们的躯干顽强地从石缝间长出来，向上，向上，向上是多么的艰难，扭转地，旋转地，每一寸树皮都结着伤疤，每长一寸都要经过几度寒暑，几度春秋。然而它们终于伸展开了繁茂的枝干，团簇着永不凋落的针叶。它们耸立在悬崖断壁、高山峻岭，盘根错节地从一个石缝间扎进去，又从另一个石缝间钻出来，像犀利的鹰爪抓住了栖身的岩石。

有时，一株松柏的根须竟要爬满半壁山崖，似把累累的山石用一根粗绳紧紧缚住，因此才能迎击狂风暴雨的侵袭，才能为自己占有一片天地。

如果一切生命都不屑于去石缝间寻求立足的天地，那么，世界上将会有一大片地方成为永远的死寂。飞鸟无处栖身，生命将要绝迹。而如果一切生命都只贪恋于黝黑的沃土，它们又如何完备自己驾驭环境的能力，在一代一代的繁衍中，变得愈加紧张呢？

愿一切生命都敢于去寻求最艰苦的环境。生命正是要在最困厄的境遇中，才能发现自己、认识自己，从而才能锤炼自己、彰显自己，最后完成自己、升华自己。

石缝间顽强的生命具有如此震慑人的力量，它使地球变得神奇辉煌，更揭示了壮丽的心灵世界。

心得便利贴

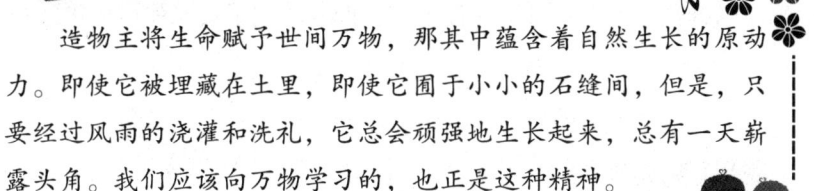

造物主将生命赋予世间万物，那其中蕴含着自然生长的原动力。即使它被埋藏在土里，即使它囿于小小的石缝间，但是，只要经过风雨的浇灌和洗礼，它总会顽强地生长起来，总有一天崭露头角。我们应该向万物学习的，也正是这种精神。

人生马拉松

金幼竹

一个新近成寡的中年女人，在埋葬了丈夫以后一直不能进入新的生活。

有一天，她看到有人在为马拉松大赛做练习，不知为什么，她的一根细小的神经开始动了一下，接下来，她开始做了丈夫死后的第一件有"生气"的事情。

她穿上运动衣，系好球鞋鞋带，也开始锻炼自己，准备去参加马拉松。她年轻的儿女和年长的爸爸，看到她开始有所投入，都非常高兴，也在旁边鼓励她。但是，在他们心里，都有一个"底数"，那就是，在体力上她是跑不到终点的；不过，只要她能跑出起始点，大家就会大为放心，因为知道她又有生活的意志了。

然而，在比赛那一天，从早上跑到下午，该跑到终点的人都跑到了，跑不到的人也都在中途停下来吃比萨或热狗，跟着加油的家人回去了。但是，这位中年女士的家人始终没见到她回来，他们通知警察也没得到什么结果，只好跑到马拉松的终点去等她。

而这位女士，在人群散去，车子熙攘当中，仍旧疲乏地一步一步拖向终点。一些路人看到她在黑夜的路上漫跑，担心她出事，也惊于她这种"不识时务的固执"，便打电话到电视公司去。

结果，当她"不成人形"地跑向终点时，她的家人、电视记者和一群好奇的人，全都在另一头替她加油和欢呼。

在这个中年女人的一生中，她只想到会和丈夫白头偕老，但丈夫舍她先走了，她感觉她人生的终点已经到达了，她不想再跑，因为她的伴侣离开了。但是，和大伙一起开始了人生马拉松，她又开始跑上了她剩下的路程，也开始体会和接受：那虽是她丈夫的终点，却不是她的终点。而她，一定要跑到自己生命的终点。不论那段路程是多么的孤单、多么的黑暗、多么的危险。这位女士虽然是"最后一名"，却是"人生马拉松"上的"第一名"。

一位事业非常成功的美国女性在接受访问时曾说："我经历过相当多的所谓'失败'，不过我称它们作'绕道而行'。虽然当时我非常沮丧，但是我总不放弃在'此路不通，绕道而行'的途径上另找出路，我决不相信那些'失败'——'绕道而行'的标志，就是我事业的'终点'。"

人生的跑道和运动场的跑道，有很大的不同。运动场的跑道是直的，或是规则的弧状，你总是可经从起点看到终点；但是，在人生的跑道上，你不仅无法从起点看到终点，恐怕连该在哪里转弯都搞不清楚，甚至，常常你以为已经跑到了终点，却发现，那竟是另一段赛程的起点。

那位成功的女性把失败当成"绕道而行"，那位从丈夫的终点，再跑出一个"起点"来的女性，都是值得我们好好思考的例子——在人

生的跑道上,的确只有一个终点,但是,却有许多许多的"起点",而这些"起点",常常都在"死巷子""绕道而行""路滑""前有落石"或"断崖"之处发生。

　　人生的终点,并不是全掌握在自己手里,但是,在我们到达那一点之前,凭着"自由意志",我们可以在跑道上的任何一处,画下"起跑点"的记号,而只要我们仍然在跑道上跑着,我们就不会是"最后一名",反而是"第一名"。

心得便利贴

　　人生也如同一场赛跑,终点就在那里,可是路途坎坷而遥远。谁能保证不因疲惫而停下歇歇,谁能坚持一直保持同样的步调?那些重新开始的"起点"是为了我们能更好地到达"终点",正如一句话说的"我们休息,是为了走更远的路"。

激情融化冰雪

李素素

心由境造,境由心生。心冷了,太阳都不再温暖;心热了,冰雪也会融化。

经历了黑色六月,我并没有取得自己梦想中的好成绩,尽管分数上还说得过去,但只能进一所不起眼的大学。

经过半个年头,我终于放了寒假。在家里的时候,父亲向我问起了大学生活,我告诉他说:"其实真的很没劲。"

我的父亲是个铁匠。他听了我的话后,脸上一直很惊愕,沉默了半响之后,转过身用他那粗糙无比的手操起了一把大铁钳,从火炉中夹起一块被烧得通红通红的铁块,放在铁垫上狠狠地锤了几下,随后丢入了身边的冷水中。

"吱"的一声响。水沸腾了，一缕缕白气向空中飘散。

父亲说："你看，水是冷的，然而铁却是热的。当把热的铁块丢进水中之后，水和铁就开始了较量——它们都有自己的目的，水想使铁冷却，同时铁也想使水沸腾。现实中，又何尝不是如此呢？生活好比是冷水，你就是热铁，如果你不想自己被水冷却，就得让水沸腾。"听后，我感动不已，朴实的父亲竟说出了这么饱含哲理的话，让我真的深受感动。

第二学期开始了，我反省自己，并且不停地努力，学习终于有了一点起色，内心也开始一天天地丰富充实起来。

没人喜欢挫折，没人愿意奢望多，收获少。但是，当你本能地去生活，去追求幸福时，你的主要目标之一就是最大限度地减少挫折，增加欢乐。

没有人喜欢磨难，没有人放着笔直平坦的大道不走，而选择坎坷不平的羊肠小道。但是，当生活中的磨难落在了你头上，当没有宽阔平坦的大路时，你活着就要坦然面对，不能逃避，逃避只能让你滑入生命的沼泽地，越陷越深，最终将被生活淘汰或遗弃。

只要你抱着"生活中的挫折是生活馈赠给你的礼物"的态度，你便不会抱怨生活的不公了，这些礼物就是坚定的信念和积极的生活态度。

心得便利贴

人不应因为境遇的改变和暂时的挫折而畏缩不前、自甘堕落。相反，明智的做法是从失败和困境中找到重新开始的勇气和力量。即便眼前是寒冷的冰雪，相信凭借着自己的努力和坚韧，也定能够融化坚冰，迎来生命的春天。这一切，便从改变你的心态开始。

再试一次

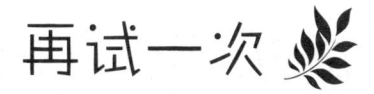

吴佳佳

心理学家做过一个试验：将一只饥饿的鳄鱼和一些小鱼放在水族箱的两端，中间用透明的玻璃板隔开。刚开始，鳄鱼毫不犹豫地向小鱼发动进攻，它失败了，但毫不气馁；接着，它又向小鱼发动了第二次更猛烈的攻击，它又失败了，并且受了重伤；它还要攻击，第三次、第四次……多次攻击无望后，它不再进攻。这个时候，心理学家将挡板拿开，鳄鱼仍然一动不动，它了无希望地看着那些小鱼在它的眼皮底下悠闲地游来游去，放弃了所有的努力，最终被活活饿死。

也许，我们会在心中嘲笑鳄鱼的愚蠢与懦弱。可遗憾的是，许多时候，当挫折接踵而至，当失败如影随形，我们不也曾像鳄鱼一般，放弃所有的努力而静静地听任命运的安排吗？

心得便利贴

也许你已失败多次，也许你已精力枯竭，也许你已消极气馁，也许你已自甘堕落。你沉浸在失败的阴影中，你活在自卑的角落里。但是，再试一次又何妨？也许最后一次的振臂一挥，就能直上云霄。

离成功不远了

岳 梅

美国畅销小说家托尔金在初涉小说领域时,曾让朋友等候他作品发表的好消息。一年后,朋友未见他的只言片语。又是一年,报刊杂志上也未有他的一点文字。

一次,两人在街上遇见。朋友好奇地问他小说创作得如何。托尔金高兴地说:"离成功不远了。第一年,我写了13篇小说,都被拒绝了;第二年,我写了10篇,结果还是一样;今年我写了8篇,挺好的,不知能不能发表。"

朋友笑道:"其实你是失败了二十多次嘛,难道还要坚特下去吗?"

托尔金一本正经地更正说:"不是失败了二十多次,是成功了二十多次。"他接着解释道:"虽然我的二十多篇小说均未发表,但它们都给了我很大的启发。每一次退稿,实际上都是提醒我不该怎样去写,指引我一步步朝成功之路迈进。这怎么能说是失败呢?"

果然,在托尔金第三年的作品中,有两篇被编辑选中并发表,为他的创作打响了第一炮。

心得便利贴

失败是成功之母。逃避失败只会使我们离成功渐行渐远;而正视失败却是走向成功的开始,它让我们认识缺点,改正不足,避免弯路。只有心态良好的人才能笑对失败,并认为这是一笔财富,因为,它在无形中已经指明了成功的道路。

跳蚤的高度

彭树军

在一个没有盖的器皿内，几只跳蚤一起蹦跳着，每一只每一次都跳同样的高度。你绝不用担心它们会跳出器皿，跳到你身上，你可能会惊奇：为什么这些跳蚤会把蹦跳的高度控制得如此一致呢？

这是训练的结果。跳蚤的训练场是一个比表演场地稍低一点的器皿，上面却盖了一块玻璃。开始，这些跳蚤都拼命地想要跳出器皿，奋力去跳，结果总是撞到玻璃上。这样训练了一段时间后，它们的跳跃就保持了同样的高度。即使拿走玻璃盖板，它们也不会跳出去，因为过去的经验已经使跳蚤形成了条件反射。

人也能变成这样。如果过去的几次不成功使你认定了自己不能成功，那么你可能永远会是一个如跳蚤般的失败者。

但如果你并不放弃远大的理想，每一次都全力以赴去做呢？你一定会越来越接近成功，要知道，人生其实是没有玻璃盖子的。

有人因几次偶然失败就一蹶不振,丧失自信,过早地给自己盖棺定论。失败了并不可悲,因失败而失去了人生的坐标不能正视自我,妄自菲薄才是可悲的。打败自己的常常不是恶劣的环境、强大的对手,而是我们自己。我们在困难面前低估自我,在失败面前否定自我。因此任何时候都不应轻言放弃!

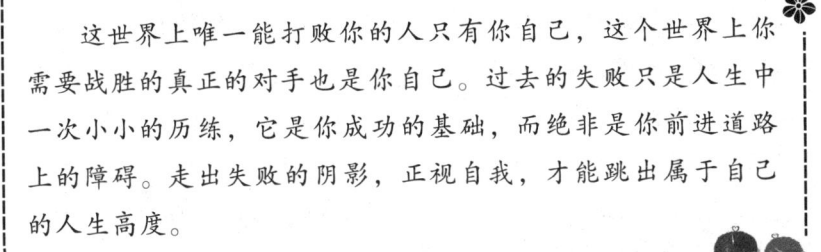

心得便利贴

这世界上唯一能打败你的人只有你自己,这个世界上你需要战胜的真正的对手也是你自己。过去的失败只是人生中一次小小的历练,它是你成功的基础,而绝非是你前进道路上的障碍。走出失败的阴影,正视自我,才能跳出属于自己的人生高度。

别浪费失败

杨传良

20年前的中考数学满分是120分,我以118分的成绩位于全县第一。老师让我谈谈成功经验时,我拿出了16本错题集。我的错题集让老师大为赞赏。

那16本错题集囊括了初中3年我所有出错的数学题。初一数学4本,初二数学4本,初三数学2本。其余的6本是综合整理了3年中容易出错的数学题。易错题有从作业本上摘录的,有从考卷中摘录的,还有的是从课外书上摘录下来的。第16本错题集那道"含金量"最高的中考附加题就是课外书上的,那是一道几何题,是一道怪题难题。怪到让人感到所给的条件不足,难在要做3道辅助线。初遇这道题时书上没有答案,我当时绞尽脑汁也没想到解决办法,后来我在另一本数学课外书上发现了答案,让我茅塞顿开。

第11本、第12本错题集最厚,那是分门别类集合了初中3年中改错后又反复出错的题目。第13本就开始变薄了,第16本就只剩下6道题,实在找不出再

容易犯错的题了。这6道题全是课外书上的，复杂而有难度，可以说是初中数学中的6座高峰。

在考场上，面对4张数学考卷，我体会到"读书破万卷，下笔如有神"的快感。那些题目就像是老朋友一样向我热情地微笑，我从头到尾没遇到一个拦路虎。

我知道这次考试非常成功。3年来我从书本中反复畅游，多少道易错的难题都让我做熟了。我在一本书上读到著名的桥梁专家茅以升的故事，他的数学成绩特别好，据说他成功的原因之一也是建立了多本错题集。

人生谁都有走错路做错事的时候。错了，要走出一味自责的怪圈子，如果走不出这个怪圈会让你一错再错。

珍惜错误吧，它和成功一样重要，是我们人生宝贵的经验。让人惋惜的是许多人不善于利用错误，而白白浪费了错误资源。

心得便利贴

人人渴望收获成功的果实，可有多少人在乎失败的可贵之处？也许一次次的失败正是为日后的成功奠定了基础，所以别再浪费失败，别再忽略错误，牢记那句话"失败是成功之母"。

柔韧的抗衡

若风尘

舅舅喜欢用深山里的龙须藤编织栗篮,而我对龙须藤是不屑一顾的,认为它过于柔软,是那种攀附在树身上的寄生藤,没有骨气。于是,编篮时,我执意选择一种径直向着阳光生长的荆条,阳刚而秀颀。

篮子编好后,就派上了用场。采板栗时通常要从高高的栗子树上抛下来,不几天,我编的荆条篮就因反复撞击坚硬的岩石而变形溃散。令人惊奇的是,舅舅编的篮子却完好如初。看到我迷惑不解的神情,舅舅微笑着说:"有时候,柔韧比刚硬更具优势。如这两只篮子,当牢固结实的荆条篮被摔得崩溃、断裂时,柔韧无比的龙须藤篮却伸屈自如,不折不挠。"

如果生命也是一只篮子,如果它正遭遇苦难、挫折的撞击,我们也许宜选择柔韧来做心灵的防护网,它比刚强的对抗更不易受伤,更能承受命运的挤压。

心得便利贴

能屈能伸,百折不挠才是生活的真谛。也许一只藤制的篮子看上去没有荆制的结实,但是只有在经历了风雨的洗礼后,才能知道,柔韧也是另一种刚强啊!

跌倒了别急着站起来

崔修建

读中文系的他在大四那年,借了一笔启动资金,雄心勃勃地招集了几个计算机专业的在校生,在中关村附近注册了一家电子公司。但他的公司没开张多久,就经营不下去了,几个助手一哄而散,只留给他一个无法收拾的烂摊子。

很快,他又重打锣鼓另开张了,在新科技园区内又开了一个专营电脑耗材的小公司。但运行的结果并不像他想象的那样轻松,没过多长时间,他的小公司再次关门。

两次失败,让他欠下一笔不大不小的债务,而一向自负的他是绝不肯轻易认输的。此后,他又接二连三地在北京信息产业密集区内,创办了好几个与电子密切相关的公司。很遗憾,他的一而再、再而三的执着,并未让他赢得成功,接二连三的失败让他债台高筑。

一天,他满怀沮丧地将创业经历讲述给一位老教授,言语中流露出对自己连续创业失败的不甘和无奈。

老教授耐心地听完他的倾诉,没有马上发表自己的意见,而是给他讲了自己年轻时听到的一个小故事。故事的大致内容是这样的——

一个旅行者在行进的途中,突然改变了原来选定的路线,决定抄近道前往目的地。没想到,在他穿越那片看似很平坦的草地时,没走几步,脚被什么东西猛地绊了一下,他摔了个跟头。对此,他没大在意,从草地上爬起来,他揉了揉有点儿疼痛的膝盖,继续前行。但没走出几十米,他又结结实实地跌了一跤。这一回,他没有急着站起来,而是躺

在那里，一边揉着受伤的腿，一边仔细地打量着脚下的草地。

原来，绊倒他的是一个草环，那是一种丛生的植物用疯长的、极柔韧的枝蔓编织的一个很隐蔽的草环，在他跌倒的周围有很多很多这样的草环，行人稍不留意，就能绊一个跟头。待他坐起来，将目光再往前一延伸，不由得大吃一惊——前方不远处，掩藏在繁花绿草间的，竟是一片可怕的沼泽。

转到另一条安全的路上，他仍在庆幸刚才跌的那个跟头，更庆幸自己没有像第一次那样漫不经心地急于爬起来赶路，而是细心地查清了让自己跌倒的原因，还认真地打量了一下自己原本自信的道路……

事后，他又心有余悸地听说，那片隐蔽在草地深处的沼泽，不久前还吞噬了两个粗心的过路人呢。

老教授的故事讲完了。他站起身来，向老教授深鞠一躬，真诚地说道："老师，谢谢您的故事。我懂了——仅仅想到跌倒后赶紧爬起来还远远不够，还必须知道自己是因为什么跌倒的，知道怎样才能不跌更大的跟头……"老教授微笑着点头，送走了聪明的他。

数年后，已是北京一家大型企业文化策划公司老总的他，谈及创业的种种坎坷经历，让他感受最深、永远难以忘怀的，就是老教授给他讲的上面那个小故事。

是的，我们每个人在人生旅途上，都难免会遭遇各种各样的挫折和失败。能够不被挫折吓倒，勇于从失败中重新崛起，这固然可贵，但善于冷静地观察、分析、总结失败的原因，真正弄清楚究竟是什么东西让自己摔了跟头，从而避免再摔跟头或少摔跟头，却是更为可贵的。因为成功不仅仅需要信心、激情和坚韧，还需要清醒的头脑，需要理智地经营。

记住：当你在事业的征途上跌倒的时候，先别急着爬起来，不妨看看是什么绊住了自己的脚，即使是一枚小小的石子，也不要轻视，或许在前面不远处还有很多这样绊脚的石子，甚至更大的石块呢。只有找到让你摔倒的缘由，才能让你不再重蹈旧辙，让你避免更大的伤害。

心得便利贴

跌倒之后能够站起来继续前行是一种宝贵的品质，这说明你有着不屈的毅力和坚强的内心。但更为可贵的品质是你能在跌倒之后思考自己跌倒的原因，从疼痛中吸取经验，避免再次跌倒。我们应该做一个睿智、善于思考的人，不被同一块石头绊倒两次，我们的人生才能越走越顺。

多敲一扇门

雪小禅

那年,她一个人跑到深圳,只为了自己爱着的男人。

但去了以后男人却不爱她了,她想回北方去,可是工作也辞了,和家里人也说好了,难道就这样回去?

实在是不甘心啊。

于是她做起了保险,最苦最累的一个职业。但她觉得可以试一下,最起码,可以锻炼自己的勇气。

开始的时候,她吃了太多的闭门羹,做了半个月,一单生意也没有做出去。

她都准备放弃了,手里没有什么钱了,只够一张回北方的车票,她想,如果今天再没有收获,她就回家去。

那天她又去了一个居民楼,有一百多户,还是一样,她挨个去敲门。

没有人给她开门,一个搞保险的女子,就傻傻地站在门外,眼泪绝望地含在眼睛里,她想,再去多敲一扇门吧,如果能打开呢。

这次,门果然开了。

是一个中年女子，同样绝望的一张脸，那时，她正想自杀。

她被男人抛弃，女儿又出车祸死了，人生，于她好像没有多少意义了。

她开了门，只因为想和尘世的人做最后的告别，然后再去自杀。

那是个怎样的一个下午呢？她和她，两个同样绝望的女子，说了近5个小时的话。她想，自己是多么幸运，还年轻，还有好多机会，所以，她劝了中年女人5个小时，连她自己都不相信，她这么能说，那也是说给自己的话。5个小时之后，天黑了，她得到了人生中第一份保单，挽留了一个生命；而且，她也想开了，人生何处不繁花啊！

那天晚上，她和中年女人亲手做了一顿饭，煲了汤，看着万家灯火，她和她，都哭了。

几年之后，她已经做到保险公司的高层，当给那些新来的职员开会时，当有人哭着说做不下去的时候，她总会告诉他们，多敲一扇门，向前走，别回头，总会有路的。

而通过做保险，她结交了很多朋友，她终于明白，每一项工作都一样，只要把自己的心交出去，就能收获一个美丽的秋天。

心得便利贴

人生不会一帆风顺，一帆风顺的人生只存在于幻想中。当我们对眼前的失败悲观绝望时，请咬住牙，坚强地再向前迈一步，也许就会有一丝希望的光芒带你走出绝望。要知道，痛苦之水浇灌出来的成功之花会拥有一种刻骨铭心的刚劲之美。

守到黎明见花开

感 动

　　2002年夏季，我大学毕业了，由于所学的专业在当年并不热，所以，我并没有像其他专业的同学那样幸运地把自己签出去。无奈，我为自己制作了一份详细的求职信，复印后，分别寄到二十多家与我专业对口的公司，然后回到家里静候佳音。

　　两个多月过去了，发出的求职信全部石沉大海，我心乱如麻。

　　"读了一回大学，却找不到工作……"渐渐地，我没找到工作的事成了我居住的那个小区里一些邻居的饭后谈资。而爸爸和妈妈的压力也很大，整日忙着为我联系工作单位，看着为我操劳奔波的父母，我不由骂自己没用。

　　已经快三个月了，我愈加焦急起来，没想到急火攻心，竟生了一场大病，只几天，人便瘦了一圈，打了几个点滴，病情才有所好转，可我却不敢走出屋子去见外面的熟人了。

　　这时候，才突然感觉到，曾经的壮志雄心，曾经的美好理想，已在这一天天的等待中消磨殆尽、破碎虚空了，我看不到一点儿希望。

　　一天，住在农村的五奶奶来到我家，看到我这样，就提出要带我去乡下住几天，她说农村的空气好，住上几天心情就会好起来的。

　　我坐上了五奶奶的驴车，离开城市的喧嚣与骚动，来到了那个偏远的山村。

　　换了个环境，我的情绪好了很多。

　　五奶奶居住的这个小村子靠山，平日里，村里人用干柴来生火做饭，于是，我常与五奶奶一起到山坡上拾些干柴。

在山坡上，我看到了一种不知名的类似于向日葵的绿色植物，便问老人家这种植物的名字。五奶奶告诉我，这是黎明花。"黎明花？这名字倒很动人，但除了绿叶，我没有看到一朵花呀？"我疑惑地问她。五奶奶说："它之所以叫黎明花，就是因为它只在黎明到来时开放。其他时间里是看不到它的花儿的。"老人家还告诉我："黎明花的花朵娇艳无比，看到它的人都说，它是世界上最动人的花。但在我们这儿，并没有多少人看见过黎明花儿开，因为看花开的人要一夜不睡觉，守在花儿旁边，当天刚放亮，黎明到来那一刻，花蕾就会慢慢张开，美丽的花朵旋即绽放。当太阳一出来时，花朵便枯萎了。所以，只有那些能挨过漫漫长夜、一直守到黎明的人，才有机会看到花开。"

听了五奶奶的话，我对眼前的黎明花有了异样的感觉，感觉自己的信心与理想又回来了，浑身一下子充满了力量。

如今，我已参加工作两年了，但我一直不能忘记那山坡上的黎明花。

是的，有些时候，我们太浮躁，太急功近利，因为缺少足够的耐心，所以便会被灰暗的心情和自暴自弃蒙住眼睛，再也看不到世间的美好与希望。生活中，只有那种能耐得住漫漫长夜、忍得了风吹雨打的人，才能守得黎明的到来，看到世间最美的花朵。

心得便利贴

夜色越加黑暗，往往代表着明日的阳光越加明媚，就如同黎明花一样，在开放之前，必须要彻夜等待，尽管绽放的时间是那么短暂，但是只有挨过漫漫长夜的人才能看花开。人生又何尝不是如此，坚守到最后的人往往收获的是最美的果实。

不可放弃的努力

蒋光宇

有所不为，才能有所为。人生有很多东西是可以放弃的，但万万不可轻言放弃的是努力。

你是否知道鲮鱼和鲦鱼的习性？鲮鱼喜欢吃鲦鱼，鲦鱼总是躲避鲮鱼。有人曾经用这两种鱼做了一个实验。

实验者用玻璃板把一个水池隔成两半，把一条鲮鱼和一条鲦鱼分别放在玻璃隔板的两侧。开始时，鲮鱼要吃鲦鱼，飞快地向鲦鱼游去，叫一次次都撞在玻璃隔板上，游不过去。过了一会儿工夫，鲮鱼放弃了努力，不再向鲦鱼那边游去。更有趣的是，当实验者将玻璃隔板抽出来之后，鲮鱼也不再尝试去吃鲦鱼了！鲮鱼失去了吃掉鲦鱼的信心，放弃了已经可以达到目的的努力。

其实，作为万物之灵长的人，有时也犯鲮鱼那样的错误。记得4分钟跑完1英里的故事吧？自古希腊以来，人们一直试图达到4分钟跑完1英里的目标。人们为了达到这个目标，曾让狮子追赶奔跑者，也曾喝过真正的虎奶，但是都没实现4分钟跑完1英里的目标。于是，许许多多的医生、教练员和运动员断言：人要在4分钟内跑完1英里的路程，是绝对不可能的。因为，我们的骨骼结构不对头，肺活量不够

大，风的阻力又太大，理由实在有很多很多。

然而，有一个人首先开创了4分钟跑完了1英里的纪录，证明了许许多多的医生、教练员和运动员的断言都错了。这个人就是罗杰·班尼斯特。更令人惊叹的是，一马当先，引来了万马奔腾。在此之后的一年，又有300名运动员在4分钟内跑完了1英里的路程。

训练技术并没有重大突破，人类的骨骼结构也没有突然改善，数十年前被认为是根本不可能的事情，为什么变成了可能的事情？是因为有人没有放弃努力，是因为有了榜样的力量。

在由失败通往胜利的路上，有时候障碍的确存在，甚至很多，有时候障碍已经消失，或已在不知不觉中被我们克服，可我们还误认为障碍仍然存在，不可逾越。可以说，有很多障碍并不是存在于外界，而是存在于我们的心里。

几乎每个胜利者，都曾经是个失败者。胜利者与失败者在大难大事上的重要区别是：胜利者屡败屡战，绝不轻易放弃努力；失败者屡战屡败，可惜地放弃了努力。

在由失败通往胜利的征途上有道河，那道河叫放弃。

在由失败通往胜利的征途上有座桥，那座桥叫努力。

心得便利贴

成功就像山巅的花，很美但又很遥远；努力就像通往山巅的路，充满希望但却满是荆棘。请不要因为荆棘而放弃努力，通往成功的路看似艰险，但只要坚持向前，就会慢慢发现，成功离你越来越近，泥泞的路却变得越来越短。

别站在伞沿下

陆勇强

有一个女孩儿，大学毕业了，到一家大公司做销售工作。因为她性格直率，她的妈妈担心孩子与上司相处不好。

果然，她与上司相处得不好，上司经常为难她。公司每年有一次考核，排在最末位的要扣除30%的奖金，还得降低工资。第一年，她排在最末位，被扣了奖金和工资；第二年，她咬着牙好好干，而且出色地完成了任务，但年终考核下来，她仍然排在最后面。

这次考核令她和上司狠狠地吵了一架。她又向公司上层反映此事，但上层的反馈意见是，这个考核分并不是她的上司一个人决定的。

她觉得自己已陷入十分被动的境地，在公司是被排斥者，她努力地想融入，却有一股无形的力量将她挤出来。

有一天，她和妈妈、妹妹一起上街，回家时，天空中飘起了细雨。妈妈拿出一把伞，三人相偎着慢慢回家。也许是伞太小的缘故，女孩儿经常站在伞沿下，雨水总是浇到女孩

儿的身上。

妈妈说："你快躲进来呀！别站在伞沿下。"

女孩儿豁然开朗：自己的处境不正像三人同在一把伞下，因为伞太小了，肯定会有人被挤到伞沿下，结果伞面上的雨水全部浇到了自己的身上；并且三人挤在一把伞下，相互掣肘，行走十分困难。

不久，她辞职进入另一家收入较低的公司。她在这家公司里如鱼得水，得到公司上层的器重，一年后，她就被提拔为销售主管。

心得便利贴

当你竭尽全力，也无法融入身边的环境时，也许并非是你不适应这个环境，而是当前的环境不适和你，并限制了你的发展。若是如此，不如跳出这个圈子，找寻适合自己成长的那片沃土。

世界上没有绝望的处境

姜致远

他是一名歌手，名不见经传。1993年，他带着梦想只身闯荡北京。举目无亲，形影孤单，他过着流浪的生活，与他相伴的只有那把心爱的吉他。

在陌生的北京城，歌手孤身奋斗。凭着自己的实力，他在北京的歌厅站稳了脚跟，每天奔波于各大歌厅。由于每天要唱歌至午夜，只有白天才有时间休息，他过着近乎黑白颠倒的生活，疲惫不堪。为了自己的歌星梦，他咬牙坚持。这一唱就是8年，靠着自己的勤奋和出色的嗓音，他已小有名气，出场费5 000元。这是个不小的数字，现实与梦想近在咫尺，几乎伸手可及。

没有任何预兆，灾难降临了。由于用嗓过度，歌手的声带上长出了异物，他到医院做了手术。医生告诉他，要三个月以后才能唱歌，这对于以唱歌为生的他来说几乎不可能。几天之后，他又试着唱歌，不料却导致声带出血，无法发音。诊断结果是，声带严重撕裂，无法修复。他清楚地知道，自己的嗓子永远嘶哑了，再也无法像从前那样唱歌。

心理创伤远远大于生理创伤，突如其来的打击，几乎把他推入绝境。难道自己的歌唱生涯到此为止？难道自己的梦想变得遥不可及？他不甘心。他想，天无绝人之路，只要我嗓子还能发音，就要唱下去。他没有消沉，潜下心来，仔细分析自己的嗓音特点，创作了一批新歌。然后，他从零开始，不断地尝试新的曲风和演唱技巧。

事实证明，他成功了，凭着自己嘶哑而富有磁性的嗓音，他征服了亿万歌迷，人气急升，一跃成为国内一线当红歌星。而且，他还受到2003年春节联欢晚会的邀请，登台献歌。

塞翁失马，焉知非福。

世上没有绝望的处境，只有对处境绝望的人。成功从来只青睐勇敢的智者。这一点，歌手用自己的行动作出了有力证明，他叫杨坤。

心得便利贴

世界上没有绝望的处境，因此我们不该有绝望的心，勇敢地迎接不幸，用坚强的毅力编织成功的花环。

敬　启

　　本书的编选参阅了一些报刊和著作，由于多种原因我们未能与部分入选文章作者（或译者）取得联系，在此深表歉意。敬请原作者（或译者）见到本书后，及时与我们联系，我们将按国家有关规定支付稿酬并赠送样书。

联系方式
联 系 人：杨老师
电　　话：18600609599

编委会